Colin Dann
Wie die Tiere das Fürchten lernten
Band 2

Von Colin Dann sind derzeit in den Ravensburger Taschenbüchern sechs Bände lieferbar. Sie alle gehören zu dem großen Zyklus um „Die Tiere vom Farthing-Wald“.
Wer auch die Vorgeschichte zu den zwei Bänden „Wie die Tiere das Fürchten lernten“ kennenlernen will, sollte die sechs Bände in diese Reihenfolge bringen:

RTB 1626 Als die Tiere den Wald verließen –
Band 1: Die Flucht
RTB 1627 Als die Tiere den Wald verließen –
Band 2: Die Reise zum Hirschpark
RTB 1683 Was die Tiere im Park erlebten –
Band 1: Winter im Hirschpark
RTB 1684 Was die Tiere im Park erlebten –
Band 2: Fuchskrieg
RTB 1738 Wie die Tiere das Fürchten lernten –
Band 1: Jagd auf den Schatten
RTB 1739 Wie die Tiere das Fürchten lernten –
Band 2: Der Unbekannte

Colin Dann

Wie die Tiere das Fürchten lernten

Band 2: Der Unbekannte

Aus dem Englischen von Ulla Neckenauer

Otto Maier Ravensburg

Deutsche Erstausgabe
als Ravensburger Taschenbuch Band 1739,
erschienen 1990

Die Originalausgabe erschien 1985
im Verlag Hutchinson Publishing Group Ltd., London
unter dem Titel „The Siege of White Deer Park“

Umschlagillustration: Werner Blaebst
Illustrationen: Terry Riley

Gesamtherstellung: Ebner Ulm
Printed in Germany

5 4 3 2 1 94 93 92 91 90

ISBN 3-473-51739-9

Inhalt

Für meine Mutter und meinen Vater

1
Aufruhr im Park

Die Tiere vom Hirschpark warteten sehnlichst auf den Frühling mit seinem regen Treiben. Der Februar ging dem Ende zu, und schon lockerte der lähmende Winter mit jedem Sonnentag seinen Griff. Für die Tiere, die ihre zerstörte Heimat, den Farthing-Wald, verlassen und im Hirschpark Zuflucht gefunden hatten, war dies nun schon der dritte Winter gewesen. Nur noch wenige von ihnen waren am Leben, denn viele Tiere werden ja schon von Natur aus nicht sehr alt. Doch inzwischen bevölkerten ihre Nachkommen, die keine andere Heimat kannten, den Park. Diese Wühlmäuse, Feldmäuse, Igel, Kaninchen und Hasen vermischten und paarten sich nun als Einheimische mit Artgenossen, deren Vorfahren schon seit jeher hier gelebt hatten. Dennoch fühlten sie sich mit den letzten Überlebenden der alten Gemeinschaft aus dem Farthing-Wald immer noch verbunden.

Eine herausragende Stellung hatte der alte Farthing-Wald-Fuchs mit seiner Füchsin inne. Beide wurden fast als Sagengestalten verehrt, und die anderen Tiere holten sich Rat und Zuspruch bei ihnen. Sie waren die Wortführer unter den Parkbewohnern, zusammen mit dem Alten Hirsch, der im Hirschrudel immer noch das Sagen hatte. Auch der Dachs, der älteste Gefährte des Fuchses, galt als Ratgeber. Er versuchte, für Harmonie unter den Parkbewohnern zu sorgen, soweit es mit den Naturgesetzen, die unter ihnen herrschten, vereinbar war. Der Dachs war mittlerweile uralt geworden und entfernte sich nie mehr weit von seinem Bau. Er kam nur sehr langsam voran, war ziemlich tatterig und sah auch nicht gut, aber er hatte so eine freundliche Art, daß er sogar noch beliebter war als der Fuchs, wenn auch nicht so respektiert.

Der Waldkauz, die Kreuzotter, die Kröte, das Wiesel und Pfeifer, der Reiher, waren ebenfalls noch am Leben und statteten dem alten Dachs gelegentlich Besuche ab. Doch der vermißte seinen besten Freund, den Maulwurf. Die Jungen, die der Maulwurf mit der Fröhlichen, einem im Park geborenen Maulwurfweibchen, gezeugt hatte, wollten ihr eigenes Leben leben. Somit fehlte dem Dachs die wunderbare Freundschaft, die die beiden unter der Erde wohnenden Tiere verbunden hatte. Im Verlauf des Winters war die Lebensspanne des Maulwurfs zu Ende gegangen. Wie er gelebt hatte, so war er auch gestorben – unter der Erde. Sein Bau war zu seinem Grab geworden, und keiner bekam seinen winzigen Körper zu Gesicht, der irgendwo in dem Labyrinth der Gänge lag. Doch behielt man ihn im Gedächtnis und trauerte um ihn.

Die Nachfahren vom alten Fuchs und der Füchsin reichten inzwischen fast bis in die vierte Generation, denn im Frühjahr sollten die Jungen ihrer Enkelkinder geboren werden. Aus ihrem ersten Wurf waren noch der Friedfertige und die Schöne am Leben. Der Kühne, ihr Sohn, der den Tierschutzpark verlassen hatte und draußen gestorben war, hatte sich unterwegs mit einem Fuchsweibchen namens Feder zusammengetan, und das war in den Park gekommen, um hier gefahrlos seine Jungen zur Welt zu bringen. Und die sollten nun selbst Eltern werden.

Der Dachs und der Waldkauz hatten sich in ihrer zweiten Heimat niemals Gefährtinnen gesucht. Sie waren zu alt und zu eigen geworden – zumindest behaupteten sie das. Was die Kreuzotter betraf, die immer wieder für einige Zeit verschwand – nun, bei der wußte keiner so recht Bescheid.

An einem der letzten Februartage, als es gerade dämmerte, bemerkte einer der alten Freunde aus dem Farthing-Wald zum ersten Mal, daß etwas Befremdliches vor sich ging. Der Waldkauz hatte an der Grenze des Parks, dort, wo das offene Hügelland begann, Quartier bezogen. Ihm fiel auf, daß ungewöhnlich viele Kaninchen vor einem unter dem Zaun gescharrten Loch zusammenliefen. Rempelnd und stoßend versuchte jedes der scheuen Tiere, diesen Parkeingang vor den anderen zu erreichen.

„Hm“, sinnierte der Kauz. „Seltsam. Mich würde mal interessieren, warum die es so eilig haben.“ Welche riesige Menge an Nahrung sich ihm hier bot, wurde ihm gar nicht bewußt. Sein erster Gedanke war, was die Kaninchen wohl so erschreckt haben mochte. Er flog ein kleines Stück aus dem Park hinaus und folgte den Kaninchenspuren in der Gegenrichtung. Dabei rechnete er jeden Augenblick damit, zu entdecken, wovor sie flüchteten. Aber er konnte nichts sehen, so gründlich seine Nachtaugen den Boden auch absuchten.

„Irgendwas hat ihnen Angst gemacht“, murmelte er vor sich hin. „Aber warum sind sie nicht auf dem schnellsten Weg in ihre Baue geflüchtet?“ Der Waldkauz kannte die Verhaltensweisen der Kaninchen ganz genau.

Er flog zurück und rief: „Weshalb macht ihr denn so ein Theater?“

Einige schauten hoch, doch als sie den Waldkauz sahen, hoppelten sie nur um so schneller. Unter keinen Umständen wollten sie stehenbleiben, um sich mit einem Raubvogel zu unterhalten. Und bis der Waldkauz schließlich an seinen Magen dachte, waren sie im Gestrüpp verschwunden.

Er setzte sich auf eine Esche und dachte nach, während er durch die nackten Äste starrte, ohne etwas zu sehen. Er raschelte mit seinen braunen Flügeln.

„Grübeln ist zwecklos“, murmelte er. „Früher oder später wird sich alles klären.“ Lautlos flog der Waldkauz davon in die herabsinkende Dunkelheit.

Ein paar Tage später, wieder war es Abend, tauchten der Fuchs und die Füchsin aus ihrem Bau auf, um sich auf Futtersuche zu machen. In den Wintermonaten war oft Aas zu finden, und davon hatten sie sich in letzter Zeit hauptsächlich ernährt. Als Flügelschläge die Stille ihres heimatlichen Waldes durchbrachen, verharrte der Fuchs.

„Tauben“, bemerkte er.

Doch es waren noch andere Geräusche zu hören. Vögel kreischten, dann rührte es sich plötzlich in den Wipfeln der Bäume, als sie in Scharen aufflatterten, um zu fliehen. Die beiden Füchse horchten aufmerksam. Die allgemeine Unruhe hielt einige Minuten an.

„Der ganze Wald ist in Aufruhr", stellte die Füchsin fest. Sie blieb in der Nähe ihres Fuchslochs, falls es Schwierigkeiten geben sollte.

Der Fuchs starrte zum nächtlichen Himmel. Schließlich sagte er: „Ich glaube, ich weiß, was da los ist."

Die Füchsin wartete auf eine Erklärung. Ihr Gefährte sah immer noch durch das Gewirr der kahlen Äste empor.

„Ja", meinte er. „So muß es sein."

„Was?" drängte die Füchsin ein wenig ungeduldig.

„Da kommen viele Vögel von außerhalb angeflogen. Sieht so aus, als kreisten sie umher, ohne recht zu wissen, wohin sie überhaupt wollen. Sie müssen die Vögel, die hier auf den Bäumen schlafen, aufgescheucht haben."

„Es klingt, als hätten sie große Angst", bemerkte die Füchsin.

Beide sahen noch eine Weile zu. Schließlich hatten viele der in den Park drängenden Vögel Plätze auf den Bäumen gefunden. Andere flogen weiter, und nach und nach kehrte wieder Ruhe ein. Der Fuchs und die Füchsin gingen ihren Geschäften nach.

Derartige Vorkommnisse häuften sich in den folgenden Wochen. Allen Parkbewohnern wurde bewußt, daß irgend etwas – etwas ihnen noch Unbekanntes – ihre kleine Welt veränderte. Aus allen Richtungen kamen Tiere in den Hirschpark geströmt. Manchmal blieben sie; manchmal gingen sie geradewegs durch den Park oder flogen über ihn hinweg; manchmal kehrten sie wieder dahin zurück, wo sie hergekommen waren. Aber es war offensichtlich, daß sich alle Tiere ringsum in einem Zustand großer Besorgnis befanden, und ihr ewiges Hin und Her brachte Unruhe in den Park. Als das Wiesel durch den Bingelkrautteppich unter den Buchen rannte, fiel ihm auf, daß die Waldmäuse plötzlich zahlreicher geworden waren. Sie schienen ihre instinktive Vorsicht in den Wind geschlagen zu haben – die meisten rannten ungeschützt herum und luden geradezu dazu ein, Jagd auf sie zu machen. Das Wiesel gehörte nicht zu denen, die ein derartiges Angebot ausschlagen, und hatte einen Rekordtag, besser gesagt eine Rekordnacht. Erst später begriff es, daß die Mäuse in Panik geraten waren, weil Dutzende jagender Hermeline und Wiesel sie plötzlich umzingelt hatten. Die armen Mäuse wußten einfach nicht, wohin sie rennen sollten. Aber wo waren diese mit ihm verwandten Raubtiere so plötzlich hergekommen? Um Parkbewohner handelte es sich nicht, das stand fest.

Das Eichhörnchen und seine Verwandten mußten die im Herbst vergrabenen Eichel- und Bucheckernvorräte gegen Fremde verteidigen, die beobachteten, wo sie scharrten, und die stahlen, wann immer es möglich war.

Nie hatte der Erstgeborene des alten Hasen – der von seinen Farthing-Wald-Freunden immer noch Junghas genannt wurde, obwohl er jetzt schon längst erwachsen war – so viele Artgenossen durch das abgestorbene Gras und das Farnkraut rennen sehen, seit er im Hirschpark angekommen war.

Schließlich versammelten sich die Freunde, um die Vorkommnisse zu besprechen. Inzwischen war es März geworden, und langsam breitete sich ein grüner Schimmer im Park aus. Neues Gras, die ersten Blattspitzen an Weißdornbüschen und Haselnußsträuchern und reifende Knospen an Bergahorn- und Kastanienbäumen verkündeten den Tieren, daß der Winter vorüber war. Doch der Ansturm auf den Park in letzter Zeit verwirrte sie und bereitete ihnen ein bißchen Sorge.

„Wo kommen sie her?“ fragte das Eichhörnchen.

„*Wieso* kommen sie her?“ fragte Junghas.

Der Dachs äußerte sich nicht. Er kannte die Geschichte nur vom Hörensagen, gesehen hatte er nichts.

„Es ist, als würden sie hergetrieben“, bemerkte der Waldkauz.

Der Fuchs hatte viel nachgedacht. „Du könntest recht haben, Kauz. Die Tiere kommen in der Hoffnung, hier im Park Schutz zu finden, und dann –“

„Stellen sie fest, daß sie in der Falle sitzen?“ warf die Füchsin ein.

„Genau! Und dann sind sie reif, um zusammengetrieben zu werden. Sieht so aus, als gehöre das Ganze zu einem Plan, den sich ein schlaues Wesen ausgedacht hat.“

„Oder mehrere“, meinte das Wiesel.

„Ja“, sagte der Fuchs. „Unmöglich, daß es nur eines ist. Es sei denn...“

„Es sei denn, es handelt sich um ein Mitglied der menschlichen Rasse“, vervollständigte Pfeifer, der Reiher, den Satz trocken.

„Das ergäbe doch keinen Sinn“, widersprach der Waldkauz. „Was für einen Zweck könnten die Menschen denn damit verfolgen?“

„Woher sollen wir das wissen?“ erkundigte sich der Friedfertige, der Sohn des Fuchses. „So schlau wie die ist keiner von uns.“

„Das mit dem Zusammengetriebenwerden gefällt mir gar nicht“, meldete sich Junghas nervös. „*Wir* säßen dann auch in der Falle.“

Sie verstummten, während sie sich ausmalten, was das für Folgen hätte.

„Nach dem, was du sagst, Fuchs“, schnaufte der Dachs, „plant also irgendein Tier, den Park als eine Art Speisekammer zu benutzen.“

Der Fuchs sah ihn an. „Du nennst die Sache beim Namen, Dachs. Nur – welches Tier…“, murmelte er unschlüssig.

„Eines, von dem *wir* noch nie gehört haben“, sagte der Kauz.

„Die Hirsche sind sehr unruhig“, warf die Füchsin ein. „Man sieht ihnen an, daß sie irgend etwas wittern.“

„Es ist gräßlich“, sagte die Schöne, ihre Tochter, „wenn man nur warten kann, bis sich dieses … dieses *Irgendwas* zeigt. Bald werden Junge geboren und müssen versorgt werden.“

„Allzu nervös dürfen wir uns nicht machen lassen“, mahnte der Fuchs. „Vielleicht existiert gar kein ‚Irgendwas‘. Möglich, daß es eine einfachere Erklärung für das Ganze gibt. Und eine weniger bedrohliche.“ Aber nicht einmal sich selbst konnte er davon überzeugen.

Jetzt meldete sich der Waldkauz zu Wort. „Vormachen dürfen wir uns aber auch nichts, Fuchs. Wir sollten auf das Schlimmste gefaßt sein.“

„Sehr hilfreich“, bemerkte das Wiesel sarkastisch.

„Ich hab es gut gemeint“, verteidigte sich der Kauz. „Wir wollen uns doch nicht im Schlaf erwischen lassen, oder?“

„Nein, aber in deinem Fall könnte das durchaus passieren“, murmelte das Wiesel frech. Allen war bekannt, daß der Waldkauz den Tag über meistens döste. Der Kauz tat so, als hätte er nichts gehört.

„Oh!“ rief der Fuchs. „Wenn doch nur unser tapferer Turmfalke noch unter uns weilen würde, um für uns auf Erkundung zu gehen!“

„Ja“, stimmte Pfeifer, der Reiher, zu. „Er wäre in der Lage, die Gefahr auszumachen. Kann ich irgendwie helfen? Mir fehlt zwar der scharfe Blick des Turmfalken, aber immerhin besitze ich Flügel, und aus der Luft kann man einiges sehen, was euch Erdbewohnern höchstwahrscheinlich entginge."

„Gewiß kannst du das", sagte der Fuchs. „Hab Dank. Jede Hilfe ist höchst willkommen."

„Du weißt doch, daß dir weite Flüge schwerfallen mit deinem beschädigten Flügel", warf da der Waldkauz ein. Das bezog sich auf die alte, von einer schlecht gezielten Kugel stammende Verletzung, die Pfeifer jetzt, wo er in die Jahre kam, mehr zu schaffen machte als zuvor. „Es ist sicher besser, ich übernehme die Flüge."

Pfeifer, dessen Name von dem Geräusch kam, das sein verletzter Flügel erzeugte, wenn er durch die Luft strich, wußte genau Bescheid. Der Waldkauz glaubte, er habe sein Gesicht verloren, da er nicht als erster seine Dienste angeboten hatte. Aber der Reiher war zu höflich, um eine entsprechende Bemerkung anzubringen. „Nein, nicht nötig", sagte er. „Ich weiß doch, daß ihr Nachtvögel euren Schlaf nachholen müßt, während unsereins aktiv ist."

Doch Pfeifers Worte verfehlten die Wirkung. Der Waldkauz war eingeschnappt. Er wußte sehr wohl, daß er jetzt, wo er älter wurde, länger schlief als früher. Empört plusterte er sein Gefieder auf.

„Unsinn! Ich bin durchaus in der Lage, bei Tag zu fliegen. Und besser als du, möchte ich hinzufügen."

„Wie du meinst, alter Freund", sagte der stets gut gelaunte Pfeifer bereitwillig. Die scharfe Antwort des Kauzes traf ihn nicht. „Dann teilen wir uns also die Suche."

„Na gut", entgegnete der Kauz beleidigt.

Das Wiesel blickte ihn mit Widerwillen an. „Je älter er wird, desto schlimmer wird er", murmelte es vor sich hin.

2

Panik am Teich

Die beiden Vögel unternahmen lange Flüge über die umliegenden Gebiete, der Reiher bei Tag, der Kauz bei Nacht. Keiner konnte etwas entdecken, was die Ereignisse der letzten Zeit hätte erklären können. Doch einige von den Tieren, die sich in den Park geflüchtet hatten, unterhielten sich mit denen, auf die sie dort stießen. Man munkelte von einer riesengroßen, wilden Bestie, die nachts auf Streifzug ging. Aber da keines der Tiere, die der Bestie begegnet waren, überlebt hatte, waren die Flüchtlinge nicht in der Lage, auch nur eine ungefähre Beschreibung zu liefern. Von schrecklichen Blutbädern war die Rede und von ihrer unglaublichen Geschicklichkeit beim Jagen. Klettern könnte sie, schwimmen, ja, auch unter der Erde Beute machen. Manche vermuteten sogar, sie wäre in der Lage zu fliegen, da ihr auch Vögel zum Opfer fielen. Bald herrschte unter den Parkbewohnern große Unsicherheit.

Doch es war Frühling, und so gingen die Tiere ihren gewohnten Unternehmungen weiter nach. Das Paaren und Zeugen, der Bau von Nestern, Höhlen und anderen Unterkünften für die bevorstehenden Geburten verdrängten alle anderen Gedanken. Für eine Weile schien die Furcht vor dem Unbekannten nachzulassen. Doch dann wurden die Tiere plötzlich durch ein außergewöhnliches Ereignis aufgeschreckt. Mitten in der Paarungszeit flohen die Eßbaren Frösche in Scharen aus ihrem Teich. Sie begnügten sich nicht damit, sich zwischen den Ufergewächsen zu verstekken, sondern hüpften nach allen Seiten davon, so weit sie nur konnten. Es sah so aus, als seien sie verzweifelt bemüht, nur ja vom Teich wegzukommen. Auch andere Wassertiere, wie zum Beispiel die Molche, sah man den Teich fluchtartig verlassen, und die Enten, Bläß- und Teichhühner, die auf oder beim Wasser genistet hatten, ließen ihre Nester im Stich. Es mußte etwas sehr Beängstigendes geschehen sein, das sie zur Flucht trieb. Darüber, wer die Verantwortung für diese Geschehnisse trug, brauchten sich die Tiere gar nicht erst zu unterhalten. Sie wußten es. Die Bestie war im Park angelangt.

Die Kröte, die damals auf der langen Wanderung vom Farthing-Wald bis in den Hirschpark als Führer gedient hatte, brannte darauf, mit dem Fuchs zu reden. Sie selbst war nicht im Wasser gewesen, als die Eßbaren Frösche aus dem Teich flüchteten, aber zugesehen hatte sie.

„Ein Chaos“, berichtete sie dem Fuchs. „Sie konnten nicht schnell genug vom Wasser wegkommen. Irgend etwas muß im Teich gewesen sein.“

„Hast du gesehen, was es war?“ fragte der Fuchs hastig.

„Nein, nein. Dafür war es zu dunkel“, antwortete die Kröte. „Und ich hatte keine Lust, dazubleiben, um es zu erfahren.“

„Natürlich nicht. Das kann ich gut verstehen.“

„Keine Ahnung, was die Frösche jetzt vorhaben“, quackte die Kröte. „Der Teich ist ihr Treffpunkt. Wie sollen sie nun ihr Leben weiterführen – und das mitten in der allerwichtigsten Jahreszeit?“

„Ich frage mich, wie überhaupt irgendeiner von uns zurechtkommen will“, entgegnete der Fuchs. „Wie soll man mit etwas fertigwerden, das man nicht sehen kann?“

„Ich würde gern ein Weilchen hierbleiben, wenn ich darf“, murmelte die Kröte. „Gesellschaft ist tröstlich, und den Dachs habe ich schon seit einer Ewigkeit nicht mehr gesehen.“

„Ich fürchte, es geht abwärts mit ihm, Kröte. Schritt für Schritt“, sagte der Fuchs leise. „Wir sind alle nicht mehr die Jüngsten. Aber mir scheint, der Dachs lebt inzwischen in seiner eigenen kleinen Welt. Er tut nur, was absolut nötig ist – von allem anderen will er nichts mehr wissen.“

„Ich glaube, er vermißt den Maulwurf sehr“, seufzte die Kröte. „Und der Turmfalke fehlt uns auch. Der reinste Himmelsakrobat! Aber unser altes Leben im Farthing-Wald und die weite Reise hierher, die kein Ende zu nehmen schien – kommt es dir nicht auch so vor, als läge das alles schon lange, lange zurück?“

„Ewig“, stimmte der Fuchs zu. „Meine Füchsin und ich, wir unterhalten uns oft über die Vergangenheit. Ein Zeichen, daß auch wir älter werden“, spöttelte er über sich selbst.

„Ja. Bisher haben wir alle Probleme gemeinsam bewältigt, nicht wahr?" fuhr die Kröte fort. „Nur – diese neue Bedrohung – ich habe so das Gefühl, als kämen wir mit der vielleicht nicht zurecht."

Danach ging das Leben im Park wie auf Zehenspitzen weiter. Die ganze Gemeinschaft hielt den Atem an und wartete. Eines Morgens fand man nahe beieinander unter einem Schwarzdornbusch die Überreste von drei ausgewachsenen Kaninchen. Das war ganz offensichtlich nicht die Tat eines Fuchses. Die anderen Kaninchen behaupteten, leise Schritte in der Nähe ihres Baus gehört zu haben. Wie gewöhnlich hatte keiner etwas gesehen. Aber alle schienen gespürt zu haben, daß etwas *da* gewesen war.

Immer wieder wurden Kadaver gefunden. Der Mörder war überaus verstohlen und gerissen. Nie sah man ihn bei Tag, und obwohl sie alle auch nachts die Augen offenhielten, entdeckten sie nichts.

Die Bewohner des Hirschparks, von denen viele vor allem bei Dunkelheit unterwegs waren, kamen sich langsam so vor, als stünden sie unter Belagerung. Trotzdem mußten sie fressen. Zitternd und zagend machten sie sich auf Futtersuche, bemühten sich aber, so nah wie möglich bei ihren Behausungen zu bleiben. Doch immer noch gab es Tote, und das Geheimnis hing weiterhin unheilvoll über dem Park.

Die erstaunliche Lautlosigkeit des Unbekannten war ein ständiger Geprächsstoff. So langsam verspürten die Jäger unter den Tieren ganz gegen ihren Willen Respekt vor seiner Geschicklichkeit. Manche der jungen Füchse dachten daran, seine Vorgehensweise nachzuahmen.

„Eine derartige Fertigkeit würde aus jedem von uns ein höchst geachtetes Raubtier machen", bemerkte ein junger Fuchs zum Friedfertigen gewandt. Er war sein Neffe und wurde Stämmig genannt.

„Du bewunderst diese Bestie?“ erkundigte sich sein Onkel.

„Natürlich. Du etwa nicht? Wenn ich so wäre, würden mich alle beneiden.“

„Erst mal solltest du lernen, dich ein bißchen leiser zu verhalten“, neckte ihn der Friedfertige. Sein Neffe verstand sehr gut, wie das gemeint war. Er war nämlich ein bißchen geschwätzig. „Und kannst du auf Bäume klettern?“ fuhr sein Onkel fort.

„Ein bißchen klettern kann ich schon“, erklärte der junge Fuchs. „Aber ob auch auf Bäume, das weiß ich nicht.“

Während diese Unterhaltung stattfand, trafen sich die Ältesten der Farthing-Wald-Gemeinschaft, um über die Bedrohung, die von diesem Super-Raubtier ausging, zu beraten. Das Gespräch drehte sich immerfort im Kreis, ohne daß ein Beschluß gefaßt worden wäre. Schließlich murmelte der Dachs, der fast die ganze Zeit geschwiegen hatte: „Ich kann nicht anders – ich muß dabei an eine Katze denken.“

„Was? Was hast du da gesagt, Dachs?“ fragte der Fuchs scharf.

„Weißt du, Fuchs, es ist so“, fuhr der Dachs mit seiner ziemlich wackligen Stimme fort, „das Ganze erinnert mich an die Katze, die ich Rote nannte. Mit der habe ich nach meinem Unfall im Haus des Wildhüters viel Zeit verbracht. Erinnerst du dich noch, damals im Winter, als ich mir diese Verletzung zuzog am –“

„Ja, ja“, unterbrach der Fuchs rasch. Er wußte, daß der Dachs dazu neigte, vom Thema abzuschweifen. „An die Rote erinnern wir uns alle. Was ist mit ihr?“

„Tja, was mich am meisten an ihr beeindruckte, war, wie

lautlos sie sich bewegte", erklärte der Dachs. Man merkte gar nicht, wenn sie in der Nähe war. Und... und klettern konnte die! Ich frage mich, ob dieses fremde Lebewesen nicht eine Katze sein könnte."

„Sei doch nicht albern, Dachs!" sagte der Waldkauz verächtlich. „Eine Katze wäre niemals in der Lage, ein derartiges Gemetzel anzurichten. Dazu hätte sie nicht die Kraft."

„Ich dachte nicht unbedingt an eine Katze wie die vom Wildhüter", fuhr der Dachs beharrlich fort. „Ich dachte an eine ... äh ... an eine andere Art von Katze ..."

„Klingt vernünftig, Fuchs, findest du nicht auch?" erkundigte sich das Wiesel.

„Ich weiß nicht", antwortete der Fuchs. „Was für andere Arten von Katzen gibt es denn noch?"

Darauf wußte keiner eine Antwort.

„Katze ist es keine", erklärte der Waldkauz kategorisch. „Es ist ein viel größeres Tier."

„Warum hast du es dann nicht aufspüren können", fragte das Wiesel frech, „wenn es so groß ist?"

Der Waldkauz sah verlegen aus. „Weiß nicht", sagte er und scharrte mit den Füßen. „Aber der Reiher hat ebenfalls Ausschau gehalten, nicht nur ich", fügte er schnell hinzu, als ob das seine Theorie unterstützen könnte.

„Tatsache ist", sagte die Kröte, „daß wir alle vollkommen im Dunkeln tappen. Und das wird sich auch nicht ändern, bis einer von uns – oder ein anderer Parkbewohner – diesem Vieh von Angesicht zu Angesicht gegenübersteht."

„Wenn es dazu kommt, wird uns derjenige seine Geschichte nicht mehr erzählen können, weil er nämlich tot ist", wandte der Fuchs ein.

„Möglicherweise doch – wenn er Flügel hat", meinte die Kröte.

„Bis jetzt haben Flügel nicht viel genützt", sagte Pfeifer. „Diese Bestie hat auch schon Vögel aus ihren Nestern geholt."

„Dann müßte der entsprechende Vogel eben in der Luft bleiben", antwortete die Kröte.

„Ich glaube, die Kröte hat gar nicht so unrecht", bemerkte die Füchsin. „Wir sollten eine weitere Suche starten. Der Waldkauz und der Reiher haben ja nicht den eigentlichen Park durchsucht, da wir damals annahmen, die Bestie befände sich außerhalb."

„Sehr wahr", sagte der Fuchs. „Aber bei Tag zu suchen ist zwecklos. Sie hält sich gut versteckt. Also, Kauz, wenn du es sehr schlau anstellst und sehr leise bist, könntest du die Bestie möglicherweise erspähen. Sie muß ja schließlich auf die Jagd gehen."

„Was das Leisesein betrifft, kann ich es jederzeit mit ihr aufnehmen", prahlte der Waldkauz. „Das steht außer Frage. Mein Flug ist vollkommen lautlos. Wißt ihr, meine Flügelfedern –"

„Schon gut, wir alle kennen deine Fähigkeiten", warf der Wiesel ziemlich verdrießlich ein.

„Wirst du es also noch mal versuchen?" fragte der Fuchs schnell, bevor der Waldkauz auf die Bemerkung des Wiesels reagieren konnte.

„Gewiß werde ich das", antwortete der Vogel augenblicklich. Er freute sich, daß man sich auf ihn verließ, und das Vertrauen, das der Fuchs in ihn setzte, schmeichelte ihm.

„Ich bin immer noch der Meinung, daß es sich um ein katzenartiges Vieh handelt", brummte der Dachs störrisch.

Der Waldkauz starrte ihn an. Sein krummer Schnabel öffnete sich zu einer Entgegnung, aber er schloß ihn wieder, ohne etwas zu sagen. Schon bald würde er beweisen, daß sich der Dachs irrte.

Die Versammlung begann sich aufzulösen, als der Fuchs plötzlich fragte: „Hat irgendeiner von euch die Kreuzotter getroffen?"

Wie es schien, hatte sie noch keiner gesehen. Die Kröte war gewöhnlich die erste, die sie im Frühling zu Gesicht bekam, da sie oft zusammen Winterschlaf hielten. Aber nicht einmal die wußte, wo die Kreuzotter steckte.

„Ich will sie bei unserer Diskussion nicht übergehen", bemerkte der Fuchs. „Aber da sie ja weiß, wo wir zu finden sind, hat sie es leichter, *uns* aufzusuchen."

„Jetzt, wo es wärmer ist, taucht sie vielleicht bald auf", mutmaßte Pfeifer.

„Pah! Ich finde, sie könnte sich ruhig dazu herablassen, sich blicken zu lassen", gab das Wiesel zurück. „Aber im Lauf der Zeit wird ihre Schale immer rauher. Oder vielleicht sollte ich sagen immer schuppiger."

„Irgendwann wird sie schon kommen", sagte die Kröte. „Ich glaube, ich kenne sie besser als du, Wiesel. Du hast dir ihre schroffe Art immer zu sehr zu Herzen genommen. Aber so ist sie halt. Schließlich ist sie eine Schlange und kein Säugetier. Und eines kann ich dir sagen: Sie ist genauso treu wie wir alle."

Die kleine Gruppe trennte sich, und jeder ging seinen Geschäften nach.

Doch hatte es fast den Anschein, als habe das Gespräch über die Kreuzotter deren Auftauchen beschleunigt. Schon am nächsten Tag fand die Füchsin sie zusammengerollt am Eingang zu ihrem Bau.

„Wieder ein neuer Frühling, und trotzdem hast du dich gar nicht verändert, Füchsin!" sagte die Schlange.

Komplimente hatte die Kreuzotter höchst selten zu ver-

geben, und die Füchsin war sich der ungewöhnlichen Auszeichnung durchaus bewußt. „Wie nett, auf so charmante Art begrüßt zu werden“, sagte sie freundlich. „Und wie schön, dich nach so langer Zeit mal wieder zu sehen.“
Die Kreuzotter entrollte sich und glitt auf die Füchsin zu. Ihr dünner Körper lief in einem stumpfen Ende aus. Vor einiger Zeit hatte sie in einem Gemenge mit einem feindlichen Fuchs zwei Zentimeter ihres Schwanzes eingebüßt.

„Sieht so aus, als gäbe es massenhaft Frösche im Park“, bemerkte sie mit einem anzüglichen Grinsen. „Ich muß versuchen, einen guten Hunger zu entwickeln, und die Lage ausnützen.“ Sie züngelte.

„Nach deiner Fastenzeit wird dir das nicht sonderlich schwerfallen, denke ich mir.“

„Oh, mein kaltes Blut braucht Zeit, um sich ordentlich aufzuheizen“, antwortete die Schlange. „Anfangs bin ich immer ein bißchen träge.“

Nun erzählte die Füchsin, was am Teich geschehen war.

„Ja, ich habe Gerüchte gehört“, sagte die Schlange mit schleppender Stimme. „Alle möglichen seltsamen Geschichten scheinen im Umlauf zu sein. Irgendein Ungeheuer soll sich hier herumtreiben.“

„Das ist meiner Ansicht nach eine Übertreibung“, sagte die Füchsin. „Aber ein wildes Tier ist hier im Park unterwegs, das stimmt. Keiner von uns fühlt sich sicher. Und das schlimmste ist, daß wir nicht wissen, wie dieses Tier aussieht.“

Der Fuchs hatte die Stimme der Kreuzotter gehört und tauchte aus seinem Loch auf. „Der Waldkauz hält bei seinen Nachtflügen Ausschau“, fügte er hinzu, nachdem er die Kreuzotter begrüßt hatte.

„Hm. Nun, ich selbst habe nichts gesehen“, sagte die Schlange. „Außer –“

Die Füchse warteten, doch die Kreuzotter schien vergessen zu haben, was sie hatte sagen wollen.

„Außer?“ drängte der Fuchs.

„Oh, nichts von Wichtigkeit“, zischelte sie. Ihr war plötzlich bewußt geworden, daß das, was sie entdeckt hatte, die anderen Tiere möglicherweise noch mehr beunruhigen würde. „Habt ihr die Kröte gesehen?“ fragte sie, um die Füchse abzulenken.

„O ja. Sie kommt dem Teich auch nicht mehr nahe“, sagte die Füchsin.

„Mmm. Hoffentlich läuft sie mir über den Weg“, murmelte die Kreuzotter. „Tja, was mich betrifft, so gehe ich jetzt ein Sonnenbad nehmen“, fügte sie abrupt hinzu. „Und dann bin ich bereit für diese Frösche.“

Während sie ziemlich hastig verschwand, tauschten der Fuchs und die Füchsin einen vielsagenden Blick.

„Sie ist immer noch die alte“, bemerkte die Füchsin.

„Ja, das ist sie“, stimmte der Fuchs zu. „Und ich würde es auch nicht anders wollen. Aber sie verheimlicht uns etwas. Ich kenne sie.“

Die Kreuzotter verheimlichte tatsächlich etwas. Doch bevor sie ihre Beobachtungen den anderen mitteilte, wollte sie wissen, ob ihr Verdacht begründet war oder nicht. Dafür brauchte sie die Kröte, also machte sie sich auf die Suche nach ihr.

Sie hatte nicht gelogen, als sie den Füchsen erklärte, sie wolle sich sonnen. Sie brauchte die Wärme eines langen Sonnenbads, damit ihre Muskeln ordentlich funktionierten, falls sie genötigt sein sollte, eine längere Strecke zurückzulegen. Sie fand einen mit Farnkraut bewachsenen

Fleck, der in der Frühlingssonne lag. Die Stelle war trocken und der Boden ziemlich warm. Ein ideales Plätzchen für sie. Während sie ihr Sonnenbad genoß, überlegte sie sich, daß der Fleck hier genau das Gegenteil dessen war, was sich die Kröte aussuchen würde. Die mochte Feuchtigkeit und Schutz vor den Sonnenstrahlen und zog es vor, nach Einbruch der Dunkelheit unterwegs zu sein.

Als sich die Kreuzotter durch und durch warm und lebendig fühlte, glitt sie davon. Sie befand sich immer noch in dem Teil des Parks, der von den Tieren aus dem Farthing-Wald besiedelt worden war, und so hoffte sie, den einen oder anderen Gefährten zu treffen. Während sie sich zwischen den trockenen Grashalmen hindurchschlängelte, sah sie einige Meter vor sich ein Tier aus der Erde auftauchen. Es war Junghas, der nun in typischer Haltung auf den Hinterläufen stand, um sich umzusehen. Rasch schlängelte sich die Kreuzotter in seine Richtung und rief mit ihrer kratzigen Stimme nach ihm. Wenn Junghas erst einmal fortrannte, konnte sie die Hoffnung aufgeben, ihn noch mal zu erwischen. So schnell wie er war keiner im Park. Glücklicherweise bemerkte er die Bewegungen der Schlange und ließ sich auf alle viere fallen, um auf sie zu warten.

„Dachte ich mir, daß du es sein mußt“, sagte er, als die Kreuzotter bei ihm anlangte. „Wenn du wieder unterwegs bist, ist das ein Zeichen, daß der Frühling wirklich und wahrhaftig da ist.“

„Ich suche die Kröte“, sagte die Kreuzotter, ohne Junghas zu begrüßen.

„Ja. Verstehe.“

„Nun? Kannst du mir helfen?“

„Ich hoffe es. Was hast du denn für Probleme?“ fragte Junghas.

Die Schlange züngelte schneller als gewöhnlich. Ein deutliches Zeichen, daß sie sich ärgerte. Es war immer dasselbe mit Junghas. Zum Verrücktwerden war dieses Tier. Alles mußte man zweimal sagen. „Kannst du mir helfen, die Kröte zu finden?“ zischelte sie langsam und nachdrücklich.

„Wenn du willst, Kreuzotter. Also, wo fangen wir an?“

„Ach, mach dir keine Mühe!“ sagte die Schlange ungehalten. „Vielleicht komme ich allein besser zurecht.“

Junghas machte ein verdutztes Gesicht. „Aber ich dachte –“, begann er.

„Hör zu“, sagte die Kreuzotter. „Ich gehe zum Teich. Wenn du die Kröte siehst, dann sag ihr, sie soll mich dort treffen. Ich brauche ihren Rat.“ Schlecht gelaunt schlängelte sie sich davon. „Säugetiere!“ murrte sie.

Junghas beobachtete, wie sie verschwand. „Komisch, daß die zum Teich geht, wo doch alle anderen weg sind von dort“, murmelte er vor sich hin.

3

Fußspuren und Augen

Die Kreuzotter schlängelte sich auf Umwegen zum Teich. Sie gehörte ohnehin zu denen, die nur selten die Deckung verließen, und jetzt, wo diese Ungewißheit über dem Park lag, war sie noch vorsichtiger. So dauerte es eine Weile, bis sie an ihrem Ziel angelangte. Unterwegs war sie einmal aufgehalten worden – von zwei dicken Fröschen, an denen sie einfach nicht vorbeigehen konnte. Es dämmerte gerade, als sie am Ufer ankam, aber die seltsamen Spuren, die ihr schon einmal aufgefallen waren, konnte sie noch erkennen. Sie suchte sich zwischen Schilfrohr und Riedgras einen Platz und machte sich auf eine lange Wartezeit gefaßt. Die Oberfläche des Teiches lag still da in der Ruhe des Abends, und kein einziges Geräusch – kein Quaken und auch kein Zirpen – stieg aus den Pflanzen auf, die am Ufer wuchsen.

Junghas hatte schon bald die Kröte aufgestöbert. Die Nachricht der Kreuzotter verwirrte sie zwar, aber da sie genau wußte, daß die Schlange nicht dazu neigte, ohne wirklichen Grund Gesellschaft zu suchen, willigte sie ein und machte sich auf den Weg zum Treffpunkt. Nur mit großen Bedenken kehrte sie zum Teich zurück. Sie beschloß, kein Risiko einzugehen – obwohl sie vermutete, daß dieser geheimnisvolle, wilde Jäger so ein kleines Tier wie sie gar nicht beachten würde. Den größten Teil der Strecke legte sie bei Tageslicht zurück, aber sobald sie sich der Gefahrenzone näherte, versteckte sie sich im dichten Moos, um die Dunkelheit abzuwarten. Dann, in deren Schutz, machte sie sich um einiges zuversichtlicher wieder auf den Weg. Aber immer noch war sie vorsichtig, und oft hielt sie an, um zu lauschen. Die Kröte erreichte den Teich, ohne einen Hinweis auf ein ungewöhnliches Lebewesen, das in dieser Nacht unterwegs war, zu entdecken.

Sie stieß ein oder zwei gedämpfte Rufe aus, in der Hoffnung, nur die wartende Kreuzotter würde erraten, von wem sie stammten. Da diese nach Einbruch der Dunkelheit mit dem Eintreffen der Kröte gerechnet hatte, war sie wachsam, und so klappte es.

„Du bist ein Risiko eingegangen", sagte die Kröte leise, während sie sich ins Uferdickicht zwängte, dem Zischen der Schlange folgend.

„Wenn ein Risiko besteht, entdeckt zu werden, so nur ein kleines", bemerkte die Schlange. „Ich will, daß du dir etwas ansiehst. Ich fühle mich da nicht kompetent."

„Was soll ich mir ansehen?"

„Diesen Schlammfleck dort." Die Kreuzotter deutete auf eine Stelle vor ihnen. „Was hältst du davon?"

Die Kröte folgte ihrem Blick. Nach einem Weilchen sagte sie: „Mir fällt nichts auf. Höchstens du meinst – oh!" Vor Schreck schrie sie unwillkürlich leise auf.

„Du siehst sie also?"

„Pfotenspuren!"

„Dachte ich mir's doch", zischelte die Schlange. „Aber weißt du, Kröte, wenn man sich auf die Art und Weise fortbewegt, wie ich es tue, kann man nicht behaupten, in derartigen Dingen Experte zu sein."

„Verstehe", sagte die Kröte. „Aber es gibt keinen Zweifel. Beängstigend ist –"

„Ich weiß! Die Größe. Ich nehme an, sie stammen von einem Säugetier?"

„O ja. Es gibt weder Frösche noch Kröten, die derartige Spuren hinterlassen würden."

„Zum ersten Mal habe ich sie gestern oder vorgestern gesehen", sagte die Kreuzotter. „Aber ich habe nicht groß darauf geachtet. Erst jetzt wird mir klar, was sie bedeuten."

„Wissen die anderen Bescheid?"

„*Ich* habe nichts erzählt. Ich war mir nicht sicher. Tja, Kröte, denen wird sich das Fell sträuben, wenn sie das hören."

„Ich frage mich, ob wir es ihnen überhaupt erzählen sollen. *Sieh dir das mal an!* Wie groß muß dann erst dieses Vieh sein?"

„Groß genug, um einen Hirsch zu töten. Nein, wir dürfen sie nicht im Dunkeln tappen lassen. Sie müssen vorbereitet sein."

„Worauf, Kreuzotter? Was können sie tun?"

„Nichts, vermutlich", entgegnete die Schlange, „höchstens einen klaren Kopf behalten."

Der Kröte fiel ein, welche Mission die Vögel übernommen hatten. „Vielleicht wurde das Tier ja inzwischen gesichtet. Der Kauz durchkämmt den ganzen Park."

„Dieses Tier ist zu klug, um sich von einem Kauz erwischen zu lassen", bemerkte die Kreuzotter etwas verächtlich. „Im Verstecken ist es ein wahrer Meister."

Der Kröte kam der Gedanke, daß die Bestie sich möglicherweise genau in diesem Augenblick ganz in der Nähe versteckte und sie beobachtete. Sie wurde sehr nervös. „Ich – ich glaube, hier sollten wir nicht bleiben", stotterte sie. „Sie kann jeden Moment zurückkommen, und – und – wir wissen ja, daß sie bei Nacht jagt. Ich schlage vor, wir trennen uns."

„Ich glaube, daß uns nur wenig Gefahr droht." Die Kreuzotter dehnte jedes Wort. „Aber ich bin einverstanden. Danke für deine Hilfe. Meine Befürchtungen waren begründet."

Die Kröte murmelte etwas von der „üblichen Stelle", wo man sich ja treffen würde, und machte sich eilends davon. Die Schlange entschloß sich, noch ein Weilchen zu bleiben. Vielleicht entdeckte sie ja weitere Hinweise.

In der Zwischenzeit befand sich der Waldkauz auf seinem zweiten Erkundungsflug. Methodisch durchkämmte er den Park und konzentrierte sich dabei auf die Gegenden, die sich für ein Tier, das sich verstecken wollte, am besten eigneten. Aber wie in der ersten Nacht war seine Suche auch diesmal ergebnislos. Kurz vor Morgengrauen flog er erschöpft zu einem seiner Lieblingsplätze in einem kleinen Buchenwald. Er war wirklich hundemüde, aber er war zufrieden mit sich. Er hatte seinen Auftrag gut ausgeführt, jeden Winkel abgesucht und jeden Stein umgedreht. Schläfrig legte er die Flügel zurecht, und nach und nach fielen ihm die großen, runden Augen zu.

Hell schien der Mond, und der Hirschpark schimmerte in seinem Licht. Ein- oder zweimal änderte der Kauz den Griff, mit dem er sich am Ast der Buche hielt. Es war eine klare Nacht; jeder Zweig hob sich deutlich im Mondschein ab. Der Waldkauz döste. Aber irgend etwas lag in der Luft und hielt ihn trotz seiner Müdigkeit davon ab, richtig einzuschlafen. Er öffnete ein Auge und sah von seinem Hochsitz nach unten. Was er ein Stück weit unter sich zwischen den Zweigen sah, ließ ihn beinahe von seinem Ast fallen. Ein riesiges Gesicht, mit Augen, die im Mondlicht funkelten wie glühende Kohlen, starrte zu ihm herauf.

Der Waldkauz löste seinen Griff, verlor das Gleichgewicht, schlug verzweifelt mit den Flügeln und rettete sich im letzten Moment davor, kopfüber abzustürzen. Kreischend kämpfte er sich unbeholfen durch das Geäst wieder hinauf, bis er schließlich so weit oben angelangt war, daß er sich sicher fühlte. Er flog davon, und nach und nach erholte er sich von seinem Schock.

Die Bestie!

Während er sich beruhigte, fragte er sich, ob wohl irgendein Tier seine schreckhafte Reaktion gesehen hatte. Er sah sich nach allen Seiten um, ob er beobachtet wurde, und ließ sich dann anderswo nieder, weit genug von seinem ersten Platz entfernt, um sich nicht unbehaglich zu fühlen. War alles nur Einbildung gewesen? Es ging so schnell – hatte er vielleicht geträumt? Er glaubte es nicht, aber er wußte, daß er eigentlich hätte zurückfliegen müssen, um sich noch einmal umzuschauen. In der Luft konnte ihm ja so gut wie nichts passieren. Er dachte eine Weile darüber nach und suchte stichhaltige Gründe, die dagegen sprachen. Aber ihm fielen keine ein.

„Vermutlich ist das Biest inzwischen sowieso weg. Ziemlich sinnlos“, sagte er sich, ohne so recht überzeugt zu sein. Dann fielen ihm seine Freunde ein. Er schuldete ihnen einen ordentlichen Bericht. Aber noch zögerte er. Nicht, daß es ihm an Mut fehlte, aber das Ganze hatte ihn wirklich zu Tode erschreckt. Die Bestie war so nah gewesen! Schließlich rang er sich doch dazu durch, zurückzufliegen. Er schlug einen kreisförmigen Kurs ein, der ihn schließlich zum äußersten Rand des Buchenwäldchens zurückbrachte. Dort flatterte er unsicher hin und her. Ins Wäldchen selbst hineinzufliegen fiel ihm ausgesprochen schwer.

Als er es endlich doch tat, flog er vorsichtig von Baum zu Baum und machte jedesmal halt, bevor er sich wieder in Bewegung setzte. Als der Baum in Sicht kam, von dem aus er die Bestie gesichtet hatte, war im Geäst natürlich kein einziges Tier zu sehen, ob groß oder klein. Dem Waldkauz fiel ein Stein vom Herzen, und er ließ sich auf der Buche nieder, um sich genauer umzusehen. Nichts!

„Ich hätte mir nicht so viel Zeit lassen sollen“, murmelte er. „Das war mein Fehler. Zwei riesige Augen – das nutzt uns nicht viel. Inzwischen ist dieses Vieh vermutlich weit fort von hier.“ Er flog im Wäldchen umher und musterte alles ganz genau. Aber er konnte keinerlei Hinweise entdecken, nicht einmal Fußspuren, denn immer noch lag eine dicke Schicht trockener Blätter vom Vorjahr auf der Erde. Nicht das leiseste Rascheln war zu hören.

Der Waldkauz ließ das Wäldchen hinter sich und flog in Richtung Fuchsbau. Mittlerweile war er schon richtig stolz auf die Neuigkeiten, die er da brachte. Nur er, ganz allein er, hatte einen Blick auf diesen Unbekannten geworfen, der gekommen war, um ihr Leben zu beherrschen. Das verlieh ihm große Wichtigkeit.

Als er am Ziel anlangte, brach gerade der Tag an. Laut rief er nach dem Fuchs und der Füchsin. In Gedanken begann er schon, das bißchen, was er gesehen hatte, aufzubauschen. Im Fuchsbau rührte es sich, und die Füchsin lugte hervor. „Grüß dich, Waldkauz“, murmelte sie und verschwand umgehend wieder.

„Warte!“ schrie der Vogel. „Ich habe Neuigkeiten, die –“

Doch die Füchsin achtete nicht auf das, was er sagte. Der Waldkauz konnte Stimmen unter der Erde hören. Er stieß einen ärgerlichen Schrei aus, denn er platzte fast, so sehr drängte es ihn danach, zu erzählen, was er erlebt hatte. Dann kam der Fuchs allein heraus.

„Hattest du Glück, Kauz?“ fragte er beiläufig.

„Glück?“ stieß der Vogel hervor. „Ich – ich – ich habe sie *gesehen*!“

Der Fuchs musterte ihn eindringlich. „Die Bestie? Den Jäger, meinst du?“

„Ja! Ich bin gekommen, um es euch zu erzählen. Ich saß auf einem Baum und – und sie war *riesig*.“

„Hat sie dich angegriffen?“

„Nein. O-nein-o-nein! Dafür war ich zu schnell“, prahlte der Waldkauz. „Ich habe geschlafen, mußt du wissen. Dann wachte ich auf – und da war sie.“

„Geschlafen hast du? Ich verstehe. Und wie sah es aus, dieses Wesen?“

Der Argwohn, der in der Stimme des Fuchses lag, war unmißverständlich. Der Waldkauz hörte ihn sofort heraus. War der Fuchs der Meinung, er hätte sich das alles nur eingebildet? Unglaublich!

„Wenn du es so aufnimmst“, grollte er, „dann wüßte ich nicht, warum ich weitererzählen sollte.“

„Jetzt sei nicht gleich wieder eingeschnappt“, beschwichtigte ihn der Fuchs. „Aber der Schlaf ist eine eigenartige Sache. Wir *alle* können –“

„*Alle*?“ unterbrach der Kauz überheblich. „Nur ich allein habe dieses Vieh gesehen. Sonst war keiner in der Nähe. Ich habe lediglich gedöst, weil ich müde war von der Sucherei. Ich sage dir, ich schaute nach unten und sah direkt unter mir einen riesigen Kopf mit funkelnden Augen. Das Vieh beobachtete mich! Bist du der Meinung, daß ich mir das ausgedacht habe?“

„Nein, natürlich nicht“, versicherte der Fuchs. „Und wie sah es ansonsten aus?“

„Tja“, murmelte der Kauz. „Jetzt, wo du mich fragst ... Sonst habe ich nichts gesehen.“

Die Füchsin gesellte sich zu ihnen. „Ich habe das meiste mitgehört“, sagte sie. „Im Tiefen Grund wird morgen eine Zusammenkunft abgehalten. Wie wäre es, wenn der Waldkauz dort seine Geschichte erzählen würde, damit alle sie hören?“ fragte sie zum Fuchs gewandt.

„Eine gute Idee. Das Treffen findet abends statt, bei Dämmerung. Der Friedfertige und die Schöne werden kommen, und auch das Wiesel und der Dachs. Und Pfeifer natürlich. Vielleicht hat er ja auch etwas gesehen.“

„Möchte ich bezweifeln“, bemerkte der Waldkauz eifersüchtig. „Die Bestie zeigt sich nicht bei Tageslicht.“

Der Tiefe Grund war der traditionelle Treffpunkt der Tiere aus dem Farthing-Wald. Dort hatten sie bei ihrer Ankunft im Park nach der monatelangen Wanderung die erste Rast gemacht. Jedesmal, wenn sie wichtige Dinge zu besprechen hatten, kehrten sie an diesen Platz zurück, da er für sie alle eine besondere Bedeutung hatte.

Sie trafen sich, als es dunkel zu werden begann. Auch Junghas und das Eichhörnchen waren da. Die Kröte kam als letzte. Ohne es zu wissen, brachte sie Neuigkeiten, die die Aussage des Waldkauzes bekräftigten.

Als der Kauz mit seiner Erzählung, die er inzwischen mit allen möglichen dramatischen Effekten ausgeschmückt hatte, fertig war, berichtete die Kröte, was sie und die Kreuzotter gesehen hatten.

„Was die Größe betrifft, so kann ich mich für das, was der Waldkauz sagt, verbürgen", fügte sie anschließend hinzu. „Die Fußabdrücke, die wir gesehen haben, können nur von einem Ungetüm stammen. Deine Pfoten, Fuchs, hätten in eine Ecke davon gepaßt!"

Alles schwieg, und einige Tiere warfen sich bestürzte Blicke zu. Der Waldkauz hatte langsam das Gefühl, als schenke man seinem Erlebnis nicht die Aufmerksamkeit, die es eigentlich verdiente.

„Pah!" sagte er und suchte mühsam nach Worten, um sein Abenteuer wieder ins Rampenlicht zu rücken. „Was sind schon Fußabdrücke im Schlamm, verglichen mit dem Anblick der gesamten Bestie?"

Der Fuchs und die Füchsin sahen sich belustigt an. Der Waldkauz war wirklich kindisch. Aber die Kröte wünschte sich, die Kreuzotter möge da sein, um eine ihrer bissigen Bemerkungen anzubringen. Manchmal war der Kauz wirklich sehr anstrengend. Immerhin hatte er ja schon zugegeben, daß er nur den Kopf dieser Kreatur deutlich gesehen hatte.

Der Dachs erkundigte sich, ob die Fußabdrücke so ausgesehen hätten wie die einer Katze.

„Das können wir nicht beurteilen, weder ich noch die Kreuzotter", gab die Kröte zur Antwort.

„Und wie ist es mit dem Kopf? Hatte der Ähnlichkeit mit dem einer Katze?" fragte der Dachs den Waldkauz.

„Absolut nicht", entgegnete der Vogel, ohne auch nur eine Sekunde darüber nachzudenken. „Ich sagte dir doch, daß du auf der falschen Fährte bist."

„Aber welches andere Tier kann auf Bäume klettern?" Der Dachs ließ nicht locker. „Abgesehen von unserem Freund, dem Eichhörnchen?"

„Ich kenne keines", bemerkte das Eichhörnchen.

Die beiden jungen Füchse, den Friedfertigen und die Schöne, packte bei der Umständlichkeit ihrer älter werdenden Freunde die Ungeduld.

„Was macht es denn schon aus, ob es eine Katze, ein Hund, ein – ein Pferd oder eine Riesenratte ist?" rief die Schöne ärgerlich. „Es jagt, es tötet, und es ist überaus gefährlich. Wichtig ist doch nur, was wir tun können, um uns zu schützen, oder?"

Der Friedfertige, ihr Bruder, unterstützte sie. „Die Schöne hat ganz recht", stimmte er zu. „Was es auch immer sein mag, wir müssen eine Möglichkeit finden, dieses Vieh aus dem Park zu vertreiben."

„Unmöglich", sagte Junghas nervös, „da wir ja nie wissen, wo es gerade ist."

„Wir Füchse könnten es aufspüren", erklärte der Friedfertige. „Einen Geruch muß es ja an sich haben."

Sein Vater mischte sich ein. „Sachte, sachte, Sohn", sagte er. „Selbst wenn man den Geruch aufspüren und ihm nachgehen könnte – was ich bezweifle –, was hätten wir damit erreicht? Was würdest du denn tun, wenn du plötzlich vor diesem Vieh stündest?"

„Hm – na ja, ich – äh – wir, das heißt, vermutlich würden –" Der Friedfertige brach verlegen ab. Ja, was würden sie dann tun?

„Siehst du, du hast die Sache nicht bis zu Ende gedacht, hab ich recht?"

„Na gut, Vater. Aber irgend etwas müssen wir doch unternehmen, meinst du nicht? Sonst bringt die Bestie uns vielleicht alle um."

„Ich weiß nur, was wir *nicht* tun dürfen", gab der Fuchs zurück. „Nämlich dieser Bestie von Angesicht zu Angesicht gegenübertreten. Es handelt sich um ein schlaues, kräftiges Tier, dem wir absolut nicht gewachsen sind. Diesmal haben wir es nicht mit Rivalen unter unseren Artgenossen zu tun."

Jetzt richtete sich die ganze Aufmerksamkeit der Anwesenden auf ihre alten Anführer. Es war der Fuchs, an den sie sich immer gewandt hatten, wenn es Ärger gab oder wenn Gefahr drohte. Sie respektierten ihn und vertrauten ihm. Bis jetzt war es ihm immer gelungen, eine Lösung zu finden. Sie warteten darauf, daß er weitersprechen würde. Aber die weisen Worte, die sie hören wollten, kamen nicht.

„Ich fürchte, ich habe nichts mehr hinzuzufügen", sagte der Fuchs schließlich.

Die Tiere machten niedergeschlagene Gesichter.

„Wir müssen doch unsere Heimat verteidigen – oder etwa nicht?" flüsterte der Friedfertige mit unsicherer Stimme.

„Das können wir nicht", sagte sein Vater. „Ich sagte dir doch – dieser Sache sind wir nicht gewachsen."

Die Tiere wechselten unglückliche Blicke. Derart mutlos kannten sie den Fuchs nicht. Dabei waren sie so sehr auf ihn angewiesen, und bisher hatte er sie auch noch nie im Stich gelassen. Der Fuchs wußte, was in ihnen vorging.

„Ich bin nicht mehr der Jüngste", erklärte er ihnen. „Wir sind alle älter geworden. Wir können uns nicht mehr auf solche Abenteuer einlassen wie einst. Wir haben keine Chance gegen diese Bestie."

„Stimmt", seufzte der Dachs. „Manchmal bin ich nur noch in der Lage, meinen Bau zu verlassen, um auf Futtersuche zu gehen."

Die jungen Tiere – der Friedfertige, die Schöne und Junghas – kamen sich wie Eindringlinge in einer Versammlung von Veteranen vor. Langsam wurde dem Friedfertigen klar, daß sein Vater wie immer versuchte, ihre Fähigkeiten realistisch einzuschätzen. Vielleicht war jetzt die jüngere Generation an der Reihe, den Kampf aufzunehmen?

Doch da meldete sich wieder der Fuchs zu Wort. „Um es geradeheraus zu sagen“, meinte er, „es gibt einige Tiere im Park, die gefährdeter sind als andere. Den Kaninchen, und, wie ich fürchte, auch den Hasen droht am meisten Gefahr, ebenso den kleineren Tieren wie Mäusen, Fröschen und so weiter. Füchse, Dachse und Schlangen werden gewöhnlich nicht als Beutetiere gejagt. Und die Vögel verfügen natürlich über die besten Fluchtmöglichkeiten. Was ich damit sagen will ist, daß die meisten von uns sicher sind, wenn wir dafür sorgen, daß wir die Bestie nicht gegen uns aufbringen.“

„Sehr tröstlich für mich“, erklärte Junghas verdrießlich.

„Bestimmt wollte der Fuchs damit nicht sagen, daß wir euch im Stich lassen werden“, beruhigte ihn die Füchsin. „Der Schwur, uns gegenseitig zu schützen, gilt immer noch.“

„Natürlich“, stimmte ihr Gefährte zu. „Wir alle sind bereit, jedem anderen Tier, dem Gefahr droht, zu helfen. Das bedeutet aber nicht, daß wir die Gefahr herausfordern.“ Damit warf er dem Friedfertigen einen bedeutungsvollen Blick zu.

Sein Sohn äußerte sich nicht, aber er wartete sehnlichst auf das Ende der Versammlung. Nachdem sein Vater gesagt hatte, die Füchse seien nicht sehr gefährdet, hatte er begonnen, ehrgeizige Pläne zu schmieden.

4

Warten

Nicht lange danach trennten sich die Tiere. Das Treffen war ergebnislos verlaufen. Nur ein einziger Punkt war klar geworden: Solange die Bestie den Hirschpark zu ihrem Jagdrevier machte, mußten sie alle doppelte Vorsicht walten lassen. Nach dem Schrecken, den er dem Waldkauz eingejagt hatte, wurde der Unbekannte nicht mehr gesehen oder gehört. Auch die Kreuzotter hatte nichts entdekken können, obwohl sie lange am Teichufer gewartet hatte. So blieb es eine ganze Weile, und die Parkbewohner wandten sich wieder ihrer wichtigsten Aufgabe zu, die darin bestand, sich fortzupflanzen und Junge großzuziehen. Sogar die Eßbaren Frösche vergaßen ihre Furcht und kehrten nach und nach wieder ins Wasser zurück.

Der Friedfertige war in der Zwischenzeit unten am Teich gewesen, um sich die Fußspuren anzusehen und weil er hoffte, Witterung aufnehmen zu können. Doch der Unbekannte war weitergezogen, und keine Spur war mehr zu finden. Die Tiere schöpften wieder Hoffnung, obwohl sie immer noch nicht zu glauben wagten, daß man sie nun in Frieden lassen würde.

Doch schon bald wurden ihre Hoffnungen zunichte gemacht, denn die Bestie riß ein altes und kränkliches Mitglied des im Wald herumziehenden Hirschrudels. Die wenigen Überreste tauchten einige Zeit später im Schutz eines knospenden Ulmengestrüpps auf. Durch Zufall war es der Friedfertige, der sie fand. Die Entdeckung entsetzte ihn, doch sie erregte ihn auch. Denn sie bedeutete, daß er seine heldenhaften Pläne doch noch in die Tat würde umsetzen können. Zunächst erzählte er nur seinen Altersgenossen, was er gesehen hatte. Diese jungen Füchse, die alle miteinander verwandt waren, bildeten zusammen mit ihrer Nachkommenschaft eine ziemlich große Gruppe. Zwar waren die Füchsinnen unter ihnen im Augenblick mit ihren gerade geborenen Jungen beschäftigt, doch die männlichen Tiere hatten Zeit, sich zu versammeln und sich die Neuigkeiten anzuhören, die der Friedfertige brachte. Die älteren Tiere wurden vorerst nicht informiert.

„Um den Kadaver war ein Geruch, das steht fest“, erzählte der Friedfertige. „Ein scharfer Geruch – man roch ihn aus dem des verwesenden Fleisches recht gut heraus. Und es war ein Tiergeruch, der mir hier im Park noch nie in die Nase gezogen ist!“ Die letzten Worte stieß er mit triumphierender Miene aus.

„Hast du versucht, dem Geruch nachzugehen?“ fragte einer seiner männlichen Nachkommen, der gerade in sein zweites Lebensjahr eintrat.

„Habe ich, Tempo. Ich bin ihm ein ganzes Stück weit gefolgt. Dann verlor sich die Spur. Aber gemeinsam sollten wir eigentlich in der Lage sein, sie an einer anderen Stelle wieder aufzuspüren."

„Und was würden wir dann tun?" fragte sein Neffe, einer der Sprößlinge des Kühnen, seines toten Bruders.

„Ich will ihr bis zur Behausung dieses Tiers folgen", erklärte der Friedfertige. „Sobald wir die aufgespürt haben, müssen wir den richtigen Zeitpunkt finden, um uns zusammenzutun und die Bestie in die Enge zu treiben. Wir werden ihr schon zeigen, daß sie hier unerwünscht ist. Sie kann nicht gegen uns alle kämpfen, mag sie auch noch so groß sein."

Die anderen Füchse schwiegen. Der Friedfertige wartete eine Weile, damit auch alle begriffen, was er da gesagt hatte. Einigen schien sein Plan nicht sehr zu behagen. Andere, die abenteuerlustigeren unter ihnen, waren begeistert von der Idee, so ein außergewöhnliches Raubtier in die Flucht zu schlagen.

„Wann würden wir mit unserer Suche beginnen?" wollte einer wissen.

„Wir werden warten, bis die Bestie den ersten Schritt tut", gab der Friedfertige zur Antwort. „Soll sie sich zeigen. Und wenn sie zu schlau ist, um sich sehen zu lassen, dann soll sie durch ihre Taten verraten, wo sie steckt. Dieser Kadaver war schon alt. Wir müssen einen frischen finden. Und *der* ist dann unser Ausgangspunkt."

Die Füchse zerstreuten sich, die meisten voller Vorfreude auf die Unternehmung. Die Tage vergingen. Es war, als ahnte die Bestie etwas, denn kein Kadaver wurde gefunden. Sie gab sich große Mühe, nicht auf sich aufmerksam zu machen.

Genau wie bei allen anderen Tieren im Park waren auch

im Hirschrudel Junge geboren worden. Diese reizten den Unbekannten, der ja schon einmal Hirschfleisch gekostet hatte, besonders. Die Kleinen versprachen ein sogar noch schmackhafteres Mahl als das erste Opfer. Also pirschte er sich auf seine lautlose Weise an und wartete auf den richtigen Augenblick, um loszuschlagen.

Der Augenblick kam, der Unbekannte ergriff die Gelegenheit. Die Mutter des Hirschkalbs nahm in der Dunkelheit kaum wahr, was da geschah. Die Schnelligkeit und Lautlosigkeit, mit der das Hirschkalb gerissen, fortgetragen und verschlungen wurde, war erschreckend. Der junge Hirsch war so zart, daß ihn sein Mörder fast mit Haut und Haaren verspeisen konnte. Es war also nicht erstaunlich, wenn die jungen Füchse, die während ihrer Jagd auch nach Hinweisen Ausschau hielten, nichts entdeckten.

Der Friedfertige stand vor einem Rätsel. Seiner Meinung nach hätte die Bestie inzwischen einen Hinweis auf ihr Versteck geben müssen. Nach und nach fragten sich die Tiere, ob sie überhaupt noch da war.

Doch nun kam auch dem Wildhüter der Verdacht, daß im Park etwas nicht stimmte. Er war der letzte, der bemerkte, daß sich ein wildes Raubtier herumtrieb. Er wußte, aus wie vielen Tieren das Rudel bestand, und als er feststellte, daß erst eines und dann ein zweites fehlte, wurde er mißtrauisch. Die Kadaver waren spurlos verschwunden, also konnten die Tiere keines natürlichen Todes gestorben sein. Als er auf einem seiner Rundgänge die verwesenden Überreste des älteren Hirsches fand, der als erster der Bestie zum Opfer gefallen war, wurde ihm augenblicklich klar, daß da ein Mörder Jagd auf seine Hirsche machte. Zunächst tippte er auf einen Hund. Und er wußte genau, daß ein Hund, der einmal einen Hirsch gerissen hatte, immer wieder wildern würde.

Von da an behielt der Wildhüter das Rudel wachsam im Auge und drehte dort, wo es sich aufhielt, frühmorgens und abends eine Runde. Er sah und hörte nichts. Das verwirrte ihn, denn Hunde gehören ja nicht gerade zu den leisesten Tieren, und er war ein erfahrener und wachsamer Beobachter. Doch er bemerkte nicht, daß auch er beobachtet wurde, und zwar von dem, nach dem er selbst Ausschau hielt.

Solange der Wildhüter seine täglichen Runden machte, gab sich die Bestie klugerweise mit kleinerem Getier zufrieden. Aber sie hatte unendlich viel Geduld und wußte, daß früher oder später eine Gelegenheit kommen würde, wieder Hirschfleisch zu fressen. Doch auch der Wildhüter war geduldig. Das Tier würde wieder zuschlagen, damit rechnete er fest. Die im Augenblick herrschende Ruhe war nur vorübergehend. Bestimmt war es noch in der Nähe, und so wartete er darauf, daß es wiederkommen würde. Er nahm ein Gewehr auf seine Runden mit, denn er war berechtigt, es zum Schutz der seltenen weißen Hirsche einzusetzen. So belauerten sie sich gegenseitig.

Natürlich interessierte das häufige Auftauchen des Wildhüters auch die anderen Tiere. Da nun ein Mensch etwas gegen den Eindringling unternahm, waren die Älteren beruhigt. Der Friedfertige und die waghalsigeren unter den jungen Füchsen hatten gemischte Gefühle. Die Anwesenheit des Mannes machte ihnen Mut, aber eigentlich wollten sie den Ruhm, diesen unbekannten Feind zu schlagen, ganz für sich allein.

Eines Tages gingen der Fuchs und die Füchsin, so wie sie es manchmal taten, zum Alten Hirsch, dem Anführer des Rudels, um sich mit ihm zu unterhalten. Ebenso wie sie hatte auch er die Veränderungen, die die Zeit mit sich gebracht hatte, hinnehmen müssen. Man konnte Vermutungen darüber anstellen, wie lange er noch der Anführer seiner Artgenossen bleiben würde. Inzwischen waren auch dem Fuchs die Verluste, die das Hirschrudel erlitten hatte, zu Ohren gekommen.

„Wir wissen kaum etwas über den Mörder. Kannst du mehr erzählen?" erkundigte er sich.

„Ich weiß nur, wie schnell und wie stark er ist", antwortete der Hirsch. „Er hat sich unbemerkt genähert, und ebenso unbemerkt ist er wieder verschwunden."

„Mit wem könnten wir es hier zu tun haben?"

„Mit einem überaus starken Raubtier", bemerkte der Hirsch. „Bestimmt wird es auch unserem menschlichen Freund Sorgen bereiten."

„Mir schwant", erklärte der Fuchs, „daß der Mann genausowenig Erfolg haben wird wie wir."

„Dazu kann ich nichts sagen", war die Antwort. „Er hat so seine Methoden, glaube ich. Wir können nur hoffen, daß er Erfolg hat. Denn *wir* können uns nicht zur Wehr setzen."

„Absolut nicht", stimmte der Fuchs zu. „Damit habe ich mich schon abgefunden."

„Oh, *du* hast nichts zu befürchten", fuhr der Hirsch fort. „Ich halte es für unwahrscheinlich, daß sich die Bestie für Füchse interessiert."

„Wir befürchten nur, daß einige unserer jungen Freunde tollkühn handeln könnten", erklärte die Füchsin. „Ich bin sicher, der Friedfertige sieht sich als eine Art Nachfolger vom Fuchs. Er hat eine Menge Selbstvertrauen und Mut."

„Tja, muß er wohl geerbt haben", bemerkte der Hirsch. „Aber ich fürchte, der Versuch, sich mit diesem hervorragenden Jäger einzulassen, wäre ein törichtes Unterfangen."

„Ja. Ich ziehe es vor, ihm aus der Entfernung Respekt zu zollen“, stimmte der Fuchs zu.

„Und zu hoffen, daß er sich in Kürze entschließt, von hier zu verschwinden“, fügte die Füchsin hinzu.

„Darauf würde ich keine allzu große Hoffnung setzen“, gab der Hirsch zurück. „Bisher hat er keinerlei Widerstand erfahren. Ich fürchte, er wird hierbleiben, solange es noch ein Hirschrudel gibt. Das heißt, solange man ihn nicht zwingt, sich anders zu entscheiden.“

„Ein ernüchternder Gedanke“, sagte der Fuchs ernst.

„Meine Hirschkühe sind in heller Aufregung. Sie sind mit ihren Nerven am Ende. Und ich kann nichts für sie tun.“

„Nicht, solange sich diese Bestie verbirgt“, gab der Fuchs zu. „Aber ihr Hirsche seid wohl die einzigen Tiere im Park, die bei einem Kampf Erfolg haben könnten. Bestimmt macht sie eines Tages einen Fehler und läßt sich sehen, meinst du nicht?“

„Darauf würde ich nicht zählen“, riet der Hirsch.

Die drei unterhielten sich noch ein Weilchen. Dann, als der Wildhüter wieder auftauchte, machten sich der Fuchs und die Füchsin davon.

Die Kreuzotter hatte das Teichufer verlassen und war auf dem Schleichpfad, den sie immer benutzte, in ihr Revier zurückgekehrt. Hier lag sie nun häufig im Heidekraut und ließ sich schläfrig von der Sonne bescheinen. Von der Frühlingssonne konnte sie nämlich nicht genug kriegen. Die ersten neuen Farnschößlinge schoben sich gerade aus der Erde, und die fahlgrünen, fest zusammengerollten Köpfe gaben einen Vorgeschmack auf den Sommer. Eines Tages lag die Kreuzotter wieder einmal so da. Ihre roten Augen funkelten in der Sonne, während sie über ihre nächste

Mahlzeit nachdachte. Doch sie hatte es nicht eilig, sich danach umzusehen, denn ihr Reptilienmagen mußte nicht so regelmäßig gefüllt werden wie der eines Vogels oder Säugetiers. Da sie in der Nähe des Baches lag, der durch den Park floß, war sie zufällig die erste, die von den Neuigkeiten erfuhr, die ein sehr aufgeregter Pfeifer brachte.

Es war früh am Morgen, und der Reiher hatte in seiner üblichen Wachtposten-Haltung im seichten Wasser gestanden. Während er nach einem Kräuseln der Wasseroberfläche Ausschau hielt, das einen Fisch verriet, sah er aus dem Augenwinkel, wie sich zwanzig Meter weiter ein Tier langsam am Ufer entlang von ihm wegbewegte. Es schien nach einer geeigneten Stelle zu suchen, wo es hinabklettern konnte, um zu trinken. Pfeifer stand so regungslos, daß er unentdeckt blieb. Das Tier war riesig, und es hatte ein glattes Fell mit braunen und schwarzen Flecken, die auf seinem Rücken zu Streifen verschmolzen. Sein Körper war kräftig und stromlinienförmig; der Schwanz war lang und buschig. Jetzt ging es hinunter zum Wasserrand, wo es auf die Vorderbeine gestützt durstig schlürfte. Während es trank, hielt es wachsam Ausschau. Zwei- oder dreimal hob es den Kopf und sah sich um. Als es genug hatte, richtete es sich auf und schüttelte eine Vorderpfote. Dann ging es ohne Hast und mit entspannten und weichen Bewegungen davon. Pfeifer war beeindruckt von der Grazie des Tieres. Als es sich noch einmal umdrehte, erhaschte er einen kurzen Blick auf ein rundes Gesicht mit zwei grünen Augen, kleinen Ohren, kleiner Nase und langen Schnurrbarthaaren.

Pfeifer hatte sich die ganze Zeit über nicht gerührt. Doch jetzt flog er hastig auf. Er schlug kräftig mit seinen Schwingen, gewann an Höhe, streckte die spindeldürren Beine und schwenkte ab in Richtung seiner Freunde. Einige Augenblicke später entdeckte er die Kreuzotter, die ein Sonnenbad nahm. Pfeifer landete kurz, um zu erzählen, was er gesehen hatte.

„Was meinst du, wer das war?“ fragte er die Schlange.

„Oh, dieses Vieh, nach dem wir alle Ausschau halten“, entgegnete die Kreuzotter lässig und ohne auch nur ein bißchen ihre Stellung zu verändern. „Keine Frage.“

„Das habe ich auch schon vermutet“, entgegnete Pfeifer. „Ich muß jetzt aufbrechen, um die Neuigkeit zu verbreiten.“ Mit einem Abschiedsruf flog er davon.

Die Kreuzotter hatte ihre Interesselosigkeit nur vorgetäuscht und wurde lebendig, sobald der Reiher verschwunden war. Sie glitt von ihrem Heidekrautbett und hielt aufs Bachufer zu. Dort, am Rand des Wassers, mußten Fußspuren sein, und die wollte sie sich ansehen. Sie glitt am Ufer entlang und entdeckte schon bald die Stelle, wo das Tier getrunken hatte. Ja, da waren die Abdrücke! Sie untersuchte sie gründlich, um ganz sicher zu sein.

„Genau wie ich dachte“, lispelte sie vor sich hin. „Es sind die gleichen wie damals.“

Jetzt war ihre Neugierde erwacht. Sie wollte diese Kreatur selbst sehen. Sie überlegte hin und her, ob es wohl gefährlich wäre, das Tier am Ufer zu verfolgen. Es gab sehr wenig Deckung hier, und sie wollte vermeiden, gesehen zu werden. Nur so hatte sie eine Chance, den Unbekannten zu überraschen. Hastig glitt sie zwischen die nächsten Pflanzen. Als sie in ihrem Versteck lag, begann sie, einen großartigen Plan zu schmieden.

Es war vor allem der Kreuzotter zu verdanken, daß die Tiere aus dem Farthing-Wald vor einiger Zeit in einem Kampf gegen Füchse den Sieg davongetragen hatten. Den fremden Füchsen hatte es nämlich mißfallen, daß plötzlich Flüchtlinge angekommen waren, um sich im Park eine neue Heimat zu suchen. Nun besaß die Schlange ja eine Waffe, die wirkungsvoller war als all jene, über die ihre Freunde verfügten – Gift. Und diese Waffe hatte sie damals eingesetzt, um sie alle von einem gefährlichen Feind zu befreien. Jetzt begann sie in Erwägung zu ziehen, ihren tödlichen Biß wieder einzusetzen – und diesmal mit viel mehr Entschlossenheit. Denn der Unbekannte, der seit einiger Zeit ihr Leben beherrschte, war stärker und gefährlicher als jeder Fuchs. Und solange er unter ihnen lebte, war er grundsätzlich der Feind eines jeden Tieres im Park. Nur hatte die Kreuzotter keine Ahnung, ob ihr Gift stark genug sein würde, um so einen riesigen Jäger unschädlich zu machen. Aber es gab nur einen einzigen Weg, das herauszufinden.

Ganz auf ihre Verfolgung konzentriert, glitt die Schlange zwischen den Pflanzen hindurch. Alles hing davon ab, daß es ihr gelang, das Raubtier zu überraschen. Vor ihr lag ein kahler Fleck, den sie überqueren mußte. Gleich dahinter wuchs wieder dichtes Unterholz, das Deckung bot. Sie glitt ins Freie. Alles war still. Gerade wollte sie auf der anderen Seite des kahlen Flecks im Pflanzendickicht verschwinden, als ihr die Luft aus dem Leib gepreßt wurde. Ein schweres Gewicht senkte sich mitten auf ihren Rücken. Sie wurde so fest gegen den harten Untergrund gepreßt, daß sie nicht einmal mehr den Schwanz bewegen konnte. Sie war an der Erde festgenagelt, und es gab kein Entrinnen.

5

Moosweich

Pfeifer flog mit rhythmischen Schlägen seiner großen, stahlgrauen Schwingen rasch weiter. Als er sich dem Bau des Fuchses und der Füchsin näherte, begann er zu rufen.

„Neuigkeiten! Neuigkeiten! Sensationelle Neuigkeiten!“

Der Lärm, den der sonst so würdevolle Reiher veranstaltete, lockte die Vögel von ihren Ästen und die Tiere aus ihren Bauen und Löchern. Viele unterbrachen ihre Tätigkeit, um zu ihm hochzusehen. Er beeilte sich zu landen.

Der Fuchs und die Füchsin sperrten Augen und Ohren auf, und der empörte und verschlafene Waldkauz flog zu einem Sitzplatz in der Nähe, um zu erfahren, was dieser (seiner Meinung nach) vollkommen ungerechtfertigte Aufruhr zu bedeuten hatte.

„Ich habe die Bestie gesehen!" verkündete Pfeifer. „Sie trank ganz offen und frech am Bach!"

Immer mehr Tiere versammelten sich, um zuzuhören. Alle schrien, krächzten, quakten durcheinander und wollten von ihm wissen, wie sie denn ausgesehen habe. Der Reiher wartete, bis sich der Tumult legte. Er kannte die Rote, die Katze des Wildhüters, weshalb es naheliegend war, sie zum Vergleich heranzuziehen.

„Die Bestie", erklärte er, und augenblicklich herrschte atemlose Stille, „ist wie eine viel größere Version der Katze, die unser Dachs so gut kennengelernt hat."

Der Waldkauz blinzelte ungläubig mit seinen großen Augen.

„Die Färbung war ganz anders", fügte Pfeifer hinzu. „Aber dieses Tier bewegte sich ebenso geschmeidig, war ebenso gelenkig und hatte einen ebenso lautlosen Gang wie die Rote."

Der Waldkauz stellte sich schon auf eine scharfe Entgegnung ein, falls der Dachs bemerken sollte: „Das habe ich euch doch gleich gesagt." Er sah sich um, aber der Dachs fehlte im Gedränge. Darüber war der Kauz froh. Doch er ahnte, daß er früher oder später gezwungen sein würde, seine damalige Behauptung, es könne sich nie und nimmer um eine Katze handeln, zu rechtfertigen.

„Wo kam es her, dieses Tier?" wollte der Fuchs wissen.

„Ich sah es nicht kommen", entgegnete Pfeifer. „Es war schon am Ufer, als ich es entdeckte. Dann trank es und hielt auf die nächste Deckung zu – glücklicherweise ging es nicht in die Richtung von diesem Teil des Parks."

Der Friedfertige hatte gespannt zugehört. Er wußte, wo

Pfeifer vorzugsweise fischte, und jetzt endlich hatte er den Anhaltspunkt, den er brauchte. Mehr mußte er nicht hören. Er rannte davon, um seine Bundesgenossen zusammenzutrommeln.

„Also haben wir es mit einer riesigen, starken Katze zu tun“, faßte der Fuchs zusammen. „Nun ja, es könnte schlimmer sein. Aber was für eine Art Katze mag es sein? Ausgeschlossen, daß es ein vom Menschen gehaltenes Haustier ist. Es muß eine Kreatur sein, die keiner von uns jemals gesehen und von der keiner von uns jemals gehört hat.“

„Entschuldige bitte, Fuchs“, unterbrach der Waldkauz auf seine wichtigtuerische Art. „Ziehst du nicht voreilige Schlüsse? Woher wollen wir wissen, daß es sich um dasselbe Tier handelt, das die Hirsche gerissen hat?“

Es gab eine Pause, während alle überlegten. Der Waldkauz spürte, daß sein Einwand gewirkt hatte, und das freute ihn sehr.

„Wirklich *wissen* tun wir es nicht“, bekannte der Fuchs. „Aber alles deutet darauf hin.“

„Die Kreuzotter war fest davon überzeugt, als ich es ihr erzählte“, warf Pfeifer ein.

„Die Kreuzotter?“ fragte der Kauz höhnisch. „Die Kreuzotter? Was weiß denn *die* darüber?“

„Schon allein die Größe, wie Pfeifer sie beschreibt, müßte als Beweis genügen“, sagte das Eichhörnchen. „Und es ist ein Tier, das uns vollkommen unbekannt ist.“

„Wie groß war es denn eigentlich, Pfeifer?“ wollte der Waldkauz wissen, der seine Rolle, aus Vorsicht alles in Frage zu stellen, genoß.

Der Reiher versuchte, den kräftigen Körper, die Kopfform, ja sogar die Augen in den lebhaftesten Farben zu beschreiben. „In seinem Blick lag ein kaltes Funkeln“, sagte er, „genau wie man es bei einem berechnenden, unbarmherzigen Mörder erwartet.“

„Absoluter Quatsch“, gab der Kauz zurück. „Ein Großteil deiner Beschreibung besteht aus bloßer Einbildung, Pfeifer. So wie du diese Augen schilderst, hören sie sich kein bißchen nach denen an, die *ich* in meinem Baum gesehen habe. Ausgeschlossen, daß es sich um dasselbe Tier handelt.“

Der Waldkauz verursachte damit einige Aufregung, und das war es ja auch, was er beabsichtigt hatte. Gab es *zwei* riesige unbekannte Tiere, die den Wald durchstreiften? Alle begannen, so nervös durcheinanderzureden, daß es Pfeifer unmöglich war, sich Gehör zu verschaffen. Der Fuchs versuchte einen klaren Gedanken zu fassen, doch auch das war nicht möglich.

„Zumindest ist im Augenblick keiner von uns in Gefahr“, sagte die Füchsin leise zu ihm. „Wir haben Zeit, in Ruhe darüber nachzudenken, doch dafür ist jetzt nicht der richtige Augenblick.“

„Genau“, stimmte der Fuchs zu, und sie gaben dem Reiher ein Zeichen, daß sie in ihren Bau zurückkehren wollten.

„Jemand sollte den Dachs informieren“, bemerkte das Wiesel zu Pfeifer gewandt. „Alle müssen Bescheid wissen.“ Damit rannte es los in Richtung Dachsbau.

Junghas erwähnte, daß auch die Kröte fehlte. Pfeifer hielt es für wahrscheinlich, daß sie am Bach anzutreffen war.

„Und damit hätten wir alle“, sagte er abschließend. Er flog zu seinem Lieblingsplatz zurück, doch ließ er dabei die nötige Vorsicht walten.

Der Waldkauz fand sich plötzlich von den verschiedensten Vögeln umringt, die ihn alle mit Fragen über seine damalige Begegnung mit der Bestie bestürmten. Davon war er nicht allzu begeistert, zumal seine engsten Gefährten inzwischen verschwunden waren. Es war Tag, er war müde, und in der Gesellschaft einer Schar von Singvögeln, die ihn gelegentlich tagsüber in seiner Ruhezeit neckten, fühlte er sich sowieso nie sonderlich wohl. Während er vergeblich versuchte, den lästigen Tieren zu entwischen, kam das Wiesel am Eingang der Behausung des Dachses an.

Als erstes hörte es Stimmen. Da der Dachs alleine lebte, fragte er sich, mit wem er sich wohl unterhalten mochte.

Gerade erklang eine Stimme, die sich fast ebenso anhörte wie einst die des Maulwurfs. Wiesel blieb in dem unterirdischen Gang stehen, um zu lauschen.

„Du weißt nicht, wie glücklich du mich machst“, sagte der Dachs gerade gerührt. „Ich hatte dich wirklich inzwischen aufgegeben.“

„Aber Dachs, du bist ja ganz konfus“, erwiderte die andere Stimme.

„Konfus?“ wiederholte der Dachs. „O ja, in meinem Alter – vermutlich hast du recht. Vermutlich bin ich tatsächlich konfus. Aber was macht das schon? Wichtig ist für mich nur, daß mein lieber alter Freund zurückgekehrt ist. Ich war wirklich ziemlich einsam, Maulwurf. Jetzt können wir wieder unsere gemütlichen Schwätzchen halten, genau wie früher. Und ich –“

„Nein, nein“, unterbrach die schrillere Stimme. „Ich bin nicht der, für den du mich hältst. Oje, oje, wie soll ich es dir nur begreiflich machen?“

Das Wiesel hörte eine gewisse Hilflosigkeit in der Stimme, und langsam begriff es, was sich hier abspielte. Es ging weiter auf den Raum zu, in dem der Dachs zu schlafen pflegte. Hier unten, tief im Bau, war es sehr dunkel, und das Wiesel konnte keines der beiden Tiere sehen. Eiligst kündigte es sich an.

„Ach! Du bist es, Wiesel“, sagte der Dachs. „Was führt dich her?“ Er wartete nicht auf eine Antwort, sondern fuhr augenblicklich mit offensichtlicher Erregung fort: „Ein wunderbarer Augenblick! Der Maulwurf ist zurückgekehrt! Gerade haben wir –“

Ein Schrei des anderen Tieres, der ganz und gar nicht nach dem alten Maulwurf klang, unterbrach ihn. „Ein Maulwurf bin ich schon“, sagte das unglückliche Geschöpf. „Aber nicht der, den du meinst. Das war mein Vater!“

Das Wiesel war froh, daß es die Reaktion des Dachses nicht sehen konnte, denn das hätte es zu sehr geschmerzt.

„Ich – ich kam durch einen der unterirdischen Gänge und landete aus Versehen in deinem Bau. Ich weiß, daß mein Vater diese Wege benutzte“, erklärte der junge Maulwurf. „Ich kann dir Gesellschaft leisten und werde das auch gern tun, wenn du magst. Aber ich kann nicht der Maulwurf sein, den du haben willst – ich kann nur ich selbst sein!“

Das Wiesel hatte noch nie eine derart ergreifende Begegnung miterlebt, und es wünschte sich aus ganzem Herzen, weit fort zu sein. Es versuchte, die Unterhaltung in eine andere Richtung zu lenken.

„Ich bin gekommen, Dachs, um dir von einer Entdekkung zu erzählen“, sagte es verlegen. „Pfeifer hat eine große Katze gesehen, und wir glauben, daß es die Bestie gewesen sein muß.“

Tiefes Schweigen. Das Wiesel überlegte sich, ob es wohl

verstanden worden war. Da erwiderte der Dachs: „Eine Katze? Eine große Katze? Tja, ich frage mich, was wir nun unternehmen sollen. Maulwurf, was meinst du?"

Das Wiesel starrte ungläubig in die Dunkelheit. Litt der Dachs an Verwirrtheit? Er schien nicht begriffen zu haben, was ihm das kleine Tier eben erklärt hatte. Und diesmal hielt der junge Maulwurf den Mund. Vielleicht sagte er sich, daß es sinnlos war, weiterhin zu widersprechen. Vielleicht war er aber auch so fassungslos, daß es ihm die Sprache verschlagen hatte.

„Hast du nicht damals behauptet, der Unbekannte würde sich verhalten wie eine Katze, Dachs?" fragte das Wiesel.

„Was? O ja, Wiesel", murmelte der Dachs. „Habe ich. Daran erinnere ich mich noch. Aber ich glaube nicht, daß ich etwas für euch tun kann. Ich bin wirklich nicht mehr der Kräftigste..."

„Keiner erwartet, daß du etwas tust", versicherte das Wiesel. „Ich wollte dich lediglich informieren. Es ist gut, daß wir jetzt wissen, mit wem wir es zu tun haben."

Plötzlich schien der Dachs einen Moment lang in der Lage zu sein, klar zu denken. Wesentlich forscher bemerkte er: „Der Waldkauz hat bestimmt sofort erklärt, es könne sich auf keinen Fall um eine Katze handeln, hab ich recht?"

Das Wiesel war beeindruckt. „Ja, das hat er tatsächlich. Wie hast du das erraten?"

„Glaubst du nicht", gluckste der Dachs, „daß ich den Kauz nach all dieser Zeit kenne?"

Sein plötzlicher Scharfsinn stand ganz im Gegensatz zu seiner vorherigen Verwirrtheit. Nach und nach wurde dem Wiesel klar, daß der alte Dachs einfach glauben wollte, der Maulwurf sei zurückgekehrt. Die Wahrheit verdrängte er.

Er wollte nicht wahrhaben, daß sein alter Freund nicht mehr lebte, und sah nun dessen Sohn als Ersatz.

„Na ja, was kann es schon schaden, solange es ein Trost für ihn ist?“ sagte sich das Wiesel. Da kam ihm ein Gedanke. Es flüsterte dem jungen Maulwurf, dessen samtigen Pelz seine Schnurrbarthaare nahebei gespürt hatten, zu: „Geh voraus zum äußeren Tunnel und warte dort auf mich.“

Als das Wiesel sicher war, daß sie alleine waren, sagte es zum Dachs: „Für den Augenblick habe ich sonst keine Neuigkeiten. Es tut mir leid, daß du so einsam warst. Wir können natürlich nicht von dir verlangen, daß du uns so häufig besuchst wie früher, also müssen wir zu dir kommen. Und was mich betrifft, so verspreche ich dir das.“

„Danke, Wiesel. Wie lieb von dir“, sagte der Dachs fröhlich. Er schien gerührt zu sein. „Tu das, bitte. Ich würde mich freuen.“

Sie verabschiedeten sich, und das Wiesel eilte zu dem jungen verdutzten Tier, das unabsichtlich in eine so mißliche Lage geraten war.

„Komm mit bis zum Ausgang“, sagte das Wiesel.

Der junge Maulwurf gehorchte.

Jetzt konnte es ihn endlich richtig sehen. Während das Wiesel den Maulwurf ausgiebig musterte, stellte es erstaunt fest, wie sehr er seinem Vater ähnlich sah. „Wie nennt man dich?“ fragte es ihn.

„Mein Vater pflegte mich Moosweich zu rufen“, war die Antwort. „Ich weiß nicht so recht warum. Vielleicht hat es etwas mit meinem Fell zu tun.“

„Nun, hör zu – äh – Moosweich“, sagte das Wiesel. „Von nun an könntest du dich einfach Maulwurf rufen lassen. Dem alten Dachs zuliebe. Er wird nichts merken, das ist dir ja wahrscheinlich auch klar geworden. Ihm wird es viel bedeuten, und was macht es denn schon? Oder hast du was dagegen?"

„Äh – tja, nein, ich glaube nicht. Aber wird es keine Verwirrung stiften?"

„Überhaupt nicht", antwortete das Wiesel. „Ich werde den anderen die Situation schildern. Danke, mein junger Freund. Und laß dich auch wirklich von Zeit zu Zeit im Dachsbau sehen. Ich weiß, daß du es angeboten hast."

„Ich werde hingehen, es war mir ernst damit. Der Dachs tut mir leid, Wiesel, und er ist so ein netter Kerl."

„Gut. So, ich verlasse dich jetzt. Und denk dran, wenn er anfängt, über die ‚alten Zeiten' zu reden, von denen du ja nichts weißt, dann stimm ihm einfach zu. Etwas anderes erwartet er sowieso nicht."

Moosweich sah zu, wie das bleistiftdünne Wiesel verschwand, und seufzte. „Na ja", murmelte er. „Vermutlich ist es wirklich nicht zuviel verlangt."

Dem Waldkauz war es gelungen, der Vogelschar zu entkommen, und jetzt versuchte er, in einem hohlen Baum, wo ihn keiner störte, zu dösen. Aber da all seine Freunde seinen Lieblingsplatz kannten, wurde er doch noch einmal aufgescheucht, und zwar vom Wiesel.

„Ich komme nur vorbei, um dir zu sagen, daß ich beim Dachs gewesen bin", rief es.

Der Vogel fauchte gereizt: „Und dafür weckst du mich auf? Sehr nett von dir!"

„Nein, nein, es gibt etwas, was du wissen mußt. Ich will alle informieren." Das Wiesel erklärte, was sich im Dachsbau mit dem Sohn des Maulwurfs zugetragen hatte.

„Er leidet also an Verwirrtheit", kommentierte der Kauz. „Hätte ich mir ja denken können, nachdem er laufend behauptet hat, der Unbekannte sei eine Katze!"

Das Wiesel unterdrückte den Hinweis, daß es ja so aussah, als habe der Dachs damit recht gehabt. Es gab sich damit zufrieden, zu bemerken: „Meiner Ansicht nach ist er nicht verwirrt. Er veranstaltet so etwas wie ein Spiel mit dem jungen Maulwurf, und ich finde, wir sollten alle mitmachen."

„Pah!" sagte der Waldkauz verächtlich. „Über das Spielalter bin ich hinaus. In seinem Alter sollte der Dachs vernünftiger sein!"

„Genau das ist es ja, sein Alter. Er ist hochbetagt. Ich glaube wirklich nicht, daß er noch lange unter uns weilen wird. Warum können wir ihm nicht seinen Willen lassen? Der Fuchs und die Füchsin haben bestimmt nichts dagegen."

„Ich will mit diesem ganzen Unsinn nichts zu tun haben", sagte der Waldkauz. „Gibt es denn nicht wichtigere Dinge, über die wir nachdenken müssen?" Er plusterte die Federn auf, legte die Flügel zurecht und machte mit Entschiedenheit beide Augen zu. Das Wiesel wußte, daß es hiermit entlassen war.

Wie erwartet waren der Fuchs, die Füchsin und auch alle anderen Freunde, die es finden konnte, bereit, dem Dachs zuliebe so zu tun als ob. Daß er an Altersschwäche litt, bekümmerte sie, und sie versuchten den Gedanken zu verdrängen, er würde vielleicht nicht mehr lange unter ihnen sein.

Bei der Kreuzotter und der Kröte langte die Nachricht des Wiesels nicht mehr bei Tage an. Aber am frühen Abend fand Pfeifer die Kröte und erzählte ihr rasch seine wichtigen Neuigkeiten, ebenso die Sache mit dem Dachs.

„Da wir gerade von der Bestie sprechen – ich habe ebenfalls etwas zu berichten", sagte die Kröte. „Einer der Frösche erzählte es mir. Er hatte es von einem anderen, und der wieder von einem anderen, und so weiter. Du weißt, wie schnell sich Neuigkeiten im Tierpark verbreiten. Also: Obwohl der Wildhüter laufend seine Runden dreht, ist ein weiterer Hirsch gerissen worden."

6

Die Spur

Die Kreuzotter konnte ihren Angreifer nicht sehen, da sie nicht in der Lage war, sich zu drehen. Der Druck auf ihrem Körper war so stark, daß sie Angst hatte, ihre Knochen könnten brechen. Es gab keine Tiere im Park, die Schlangen fraßen. Somit war ihr klar, daß es entweder ein menschlicher Fuß war, der sie da festnagelte, oder aber – und das war wahrscheinlicher – es handelte sich um eben das Tier, das sie hatte überraschen wollen. Als der Druck einen Augenblick lang nachließ, versuchte sie sofort, sich zu entwinden. Aber sobald sie sich rührte, traf sie der Schlag einer Pranke am Kopf. Ein Glück für sie, daß die Krallen eingezogen waren.

Zum ersten Mal in ihrem Leben hatte die Kreuzotter

wirklich Angst. Eine solche Angst würde sie niemals verspüren, wenn sie sich in das Tier, das sie da angriff, hineinversetzen könnte – so wie in einen Fuchs oder einen Habicht. Furcht vor dem Unbekannten durchzuckte ihren Körper. Sie fühlte, daß es keine Hoffnung auf Flucht gab. Doch dann war plötzlich das große Gewicht auf ihrem Rücken verschwunden.

Die Kreuzotter war noch starr vor Schreck. Sie erwartete den Schlag, der sie töten würde. Aber ihre Bewegungsunfähigkeit dauerte nur einen Moment. Dann wand sie sich mit schmerzenden Gliedern fort und versuchte verzweifelt, den bewachsenen Fleck zu erreichen. Doch das wurde ihr nicht gestattet. Die Pfote senkte sich wieder und stieß sie zurück. Die Bestie spielte mit ihr.

Die Kreuzotter gab nicht auf – sie wand sich hierhin, dann dorthin, aber jedesmal wurde sie zurückgestoßen. Ein Schlag traf sie so, daß sie in die Luft geschleudert wurde. Hart landete sie wieder auf der Erde. Alles tat ihr weh, aber immer noch versuchte sie zu fliehen. Das Tier stieß sie, schlug nach ihr, und schließlich spürte die Kreuzotter, wie die Krallen durch ihre Haut drangen. Sie sah schon vor sich, wie sie einen qualvollen Tod erleiden würde – so wie ein Vogel oder eine Maus, die von einer Katze gequält werden, bevor sie sie tötet. Noch einmal wand sie sich verzweifelt. Dann schleuderte ein besonders harter Schlag sie hoch in die Luft und über die Pflanzen hinweg. Und plötzlich klatschte ihr schuppiger Körper in den seichten Teil des Bachs.

Wie alle Schlangen konnte sie gut schwimmen, und noch bevor sie so recht begriffen hatte, wo sie überhaupt war, hatte sie schon instinktiv begonnen, sich ins tiefere Wasser zu schlängeln. Nur ihr Kopf ragte heraus. Sie schaute zum Ufer zurück, und jetzt sah sie ihren Angreifer zum ersten Mal deutlich. Die Bestie starrte auf den Bach, um zu sehen, wo ihr Spielzeug geblieben war. Doch die Kreuzotter hielt sich verborgen. Nach einer Weile wurde es der Bestie langweilig, und gemächlich entfernte sie sich.

Lange Zeit wagte die Schlange nicht, an Land zu kriechen, obwohl das Wasser eiskalt war. Sie mußte sich bewegen, um nicht unterzugehen, aber sie schwamm nur immer wieder kreuz und quer durch ein Pflanzenbündel, bis sie überzeugt war, daß die Bestie nicht zurückkommen würde.

Schließlich schlängelte sie sich ans Ufer und zog ihren übel zugerichteten Körper langsam und unter Schmerzen in eine Gruppe von Rohrkolben und Binsen. Dort ruhte sie sich aus und pflegte ihre Wunden. Sie war verkratzt, hatte Quetschungen, und einige Schuppen waren ausgerissen, aber ihre Knochen waren heil, wofür sie unendlich dankbar war. Ihre grandiose Idee, die Bewohner des Hirschparks mit einer heroischen Tat von der Bedrohung zu befreien, kam ihr nun lächerlich und unsinnig vor. Ein armseliges Geschöpf wie sie hatte versuchen wollen, sich mit diesem großen, aus einer unbekannten Welt stammenden Jäger anzulegen! Sie war nur ein Wurm, der dem mächtigen Tier einige Minuten als Spielzeug gedient hatte. Die Chance, es zu vertreiben, war für die Parkbewohner ebenso klein wie die, auf zwei Beinen gehen zu lernen. Über diese absurde Vorstellung hätte die Kreuzotter gelacht, wäre sie dazu in der Lage gewesen.

Als sie sich ein wenig erholt hatte, glitt sie vorsichtig und immer auf Deckung bedacht vom Bach fort, bis sie in dem Teil des Parks angelangt war, wo die Gemeinschaft ihrer Freunde wohnte. Sie mußte sie unbedingt warnen und ihnen begreiflich machen, wozu diese Bestie fähig war. Aber erst bei Dämmerung erreichte sie ihr Ziel.

Die Kröte war die erste, die von der entsetzlichen Begegnung hörte. Sie war voller Mitgefühl. „Oh, Kreuzotter", sagte sie, „mein alter Freund! Da hast du aber ganz schön was abgekriegt. Komm und ruh dich ein wenig aus. Ich kenne ein Moospolster, das ist so weich wie Disteldaunen. Ich bin sicher, wenn du dort ein Weilchen liegst –"

„Ich bin dir sehr verbunden, Kröte", unterbrach die Kreuzotter, „und ich werde später auf dein Angebot zurückkommen, aber ich denke, daß zumindest der Fuchs sofort erfahren muß, mit wem wir es zu tun haben."

„Ich glaube, er weiß es schon", gab die Kröte zurück.

„Nein. Wie sollte er? Er hat es doch nie gesehen, dieses Vieh. Ich sage dir, Kröte, wir alle sind ihm auf Gedeih und Verderb ausgeliefert. Verglichen mit ihm sind wir Zwerge."

„Da hast du ganz recht. Sogar die Hirsche haben unter ihm zu leiden. Es hat wieder einen gerissen. Gerade habe ich es Pfeifer erzählt. Trotz den Bemühungen des Wildhüters ist also –"

„Pah, der Wildhüter!" zischte die Kreuzotter. „Was kann der schon tun? Kann er im Hirschrudel leben? Nein. Dieses Raubtier wird sich ungehindert nehmen, was immer es will. Es wird am Teich jagen, am Bach oder im Wald oder auch im freien Gelände. Es geht, wohin es will."

„Ist es dasselbe Tier?" erkundigte sich die Kröte.

„Dasselbe Tier? Was meinst du damit?"

„Das Tier, das dich erwischt hat – stammten die Fußspuren, die wir im Schlamm entdeckt hatten, von ihm?"

„Liebe Kröte, dieselben Spuren ziehen sich am ganzen Bach entlang. Deshalb wurde ich ja geschnappt. Ich bin nämlich hingegangen, um sie mir anzusehen."

„Der Waldkauz scheint zu glauben, daß es sich um zwei verschiedene Tiere handelt."

Die Kreuzotter antwortete nicht sofort. Dann lispelte sie mit ganz trockener Stimme: „Wenn es zwei gibt, dann sind unsere Tage wirklich gezählt. Aber das glaube ich nicht. Und jetzt muß ich die anderen warnen."

Der Kreuzotter tat alles weh, doch sie glitt weiter. Der Fuchsbau war leer. Es war inzwischen dunkel, und wie üblich waren der Fuchs und die Füchsin auf ihrer allabendlichen Futtersuche. Doch ihre Abwesenheit verschaffte der Kreuzotter wenigstens die Chance, sich richtig auszuruhen. Geduldig wartete sie auf die Rückkehr der Füchse.

Während sie schläfrig aufgerollt in der Nähe des Eingangs lag, stolperte ein Tier über sie. Ein empörter Aufschrei war zu hören, und jemand schnaufte.

„Ich bin's nur, Dachs", sagte die Kreuzotter ruhig.

„Oh! Tatsächlich. Tut mir leid. Besonders gut gesehen habe ich ja noch nie, und es scheint schlimmer zu werden. Aber ich freue mich, dich zu treffen. Wir sehen –"

„Die Freude ist ganz auf meiner Seite", fiel ihm die Kreuzotter ins Wort, „weil ich eine Warnung bringe." Dramatisch schilderte sie ihren Zusammenstoß.

„Ach du liebe Güte!" sagte der Dachs. „Da hast du aber Glück, daß du noch ganz bist. Ist alles in Ordnung? Hast du Schmerzen? Ich kann dich nämlich nicht sonderlich gut sehen."

„Ich werde es überleben", sagte die Kreuzotter grimmig. „Aber ich will die anderen warnen – kommt bloß dieser Bestie nicht in die Quere!"

„Oh, bestimmt nicht", entgegnete der Dachs sofort. „Den Rat hat uns der Fuchs auch schon gegeben. Ich bezweifle, daß jemand auf eine derartige Idee käme."

„Möglicherweise überrascht es dich ja, aber einer ist tatsächlich auf eine derartige Idee gekommen", sagte die Kreuzotter trocken.

„Du?“ rief der Dachs. „Warum denn bloß? Ich meine, was hättest du unternehmen können?“

„Das ist nebensächlich“, sagte die Kreuzotter mit schleppender Stimme. „Aber wenn *ich* auf die Idee kam, warum nicht auch ein anderer?! Deshalb bin ich hier.“

Der Dachs überlegte. Er konnte sich nicht vorstellen, daß es unter den Älteren der Tiergemeinschaft aus dem Farthing-Wald einen gab, der so töricht sein sollte. Da er es aber für taktlos hielt, seine Gedanken auszusprechen, wechselte er das Thema und begann, über den Wildhüter und den kürzlich gerissenen Hirsch zu reden.

Als der Fuchs und die Füchsin schließlich zurückkehrten, erzählte die Kreuzotter, was sie erlebt hatte, und sprach ihre Warnung aus.

„Dein Ratschlag kommt gerade zur rechten Zeit“, sagte der Fuchs, „denn ich hege den leisen Verdacht, daß da etwas im Gange ist. Die Füchsin und ich haben heute nacht keinen anderen Fuchs gesehen, obwohl wir ein großes Gebiet durchstreift haben. Normalerweise begegnen wir zumindest ein oder zwei herumstreunenden Jungtieren. Ich frage mich, ob die etwas im Schilde führen?“

Drei junge Füchse waren es vor allem, die zum Friedfertigen aufsahen: sein eigener Sohn Tempo, der wegen seiner Schnelligkeit so genannt wurde, dazu zwei seiner Neffen. Der eine hatte die kräftige Gestalt seines toten Vaters, des Kühnen, geerbt und wurde Stämmig gerufen, der andere war Rostbraun, der Sohn der Schönen. Sein gewinnendes Wesen, dem der Friedfertige auch seinen Namen verdankte, hatte die jungen Füchse angezogen, und sie taten willig, was er befahl. Noch weitere Füchse hatten sich dem Friedfertigen aus dem einen oder anderen Grund angeschlossen: Stromer, der Gefährte der Schönen, und sein

Vetter Renner. Viele der Füchsinnen waren gerade vollauf mit ihren neuen Würfen beschäftigt, aber immerhin war es dem Friedfertigen gelungen, für seine Expedition gegen den Unbekannten fünf der männlichen Jungfüchse um sich zu scharen – eine stattliche Gruppe.

Er führte sie schnurstracks zum Bach, wo die Bestie zuletzt gesichtet worden war. Keiner der Füchse wußte, wie knapp die Kreuzotter entkommen war, denn das war passiert, als sie sich gerade versammelt hatten.

Es dauerte nicht lange, bis der Friedfertige die Abdrücke der Bestie in der feuchten, weichen Erde am Ufer entdeckte. Er nahm die Witterung auf und folgte ihr. Die anderen rannten hinterher. Die Jüngsten unter ihnen waren aufgeregt und ängstlich zugleich. Der Friedfertige hatte erklärt, sie würden den Unbekannten bis zu seiner Behausung verfolgen. Was sie dann unternehmen wollten, hatte er nicht gesagt, doch sie freuten sich über das Abenteuer und sehnten sich danach, sich zu beweisen. Stromer und Renner folgten als Nachhut. Sie waren ungefähr im selben Alter wie der Friedfertige und ließen sich nicht so leicht aus der Ruhe bringen.

Die Spur lief quer durch das Ufergestrüpp und schien dann vom Wasser wegzustreben. Die Witterung wurde jetzt schwächer, aber der Friedfertige konnte sie noch gut wahrnehmen. Schließlich führte sie in ein bewaldetes Gebiet.

„Jetzt müssen wir sehr, sehr vorsichtig sein“, sagte er. „Hier gibt es viel Deckung. Jeder Busch, jedes Stückchen Unterholz könnte ein Versteck sein.“

Der Wald schimmerte in grünem Licht. Die jungen Blätter, die sich gerade erst geöffnet hatten, bildeten ein dichtes Netz, das die Sonnenstrahlen filterte. Trockenes Laub vom letzten Jahr und verdorrte Zweige knackten und raschelten unter den Schritten der Füchse, obwohl sie sich vorsichtig bewegten. Nach einer Weile hob der Friedfertige den Kopf und lauschte aufmerksam. Doch er konnte keine ungewöhnlichen Geräusche hören und senkte seine Nase wieder zur Erde. Er hatte die Spur verloren und mußte erst einige Kreise drehen, bevor er sie wieder fand.

„Hier", rief er den anderen, die stehengeblieben waren, leise zu.

Langsam bewegte er sich auf ein Brombeergestrüpp zu, das am Fuß eines alten Weißdorns wuchs. Stromer hatte eine plötzliche Vorahnung.

„Paß auf!" kläffte er.

Der Friedfertige zuckte zurück, und im gleichen Moment bewegte sich vor ihm etwas im dichten Unterholz. Ein gedämpftes Knurren erklang, und dann verschwand, was auch immer es gewesen sein mochte, durch ein allein ihm bekanntes Fluchtloch. Das Blattwerk des Dornenstrauches bewegte sich dabei nur leicht.

Der Friedfertige stürmte hinterher, ohne über die möglichen Folgen nachzudenken. Die anderen Füchse standen nervös herum und versuchten, in das Brombeergebüsch hineinzulugen. Aber sie konnten nichts erkennen. Sie konnten nur hören, wie ihr Gefährte krachend durch das Unterholz brach.

Jetzt wandten sich die Jüngeren an Stromer. „Was sollen wir tun?" fragten sie, und Tempo meinte: „Sollten wir ihm nicht folgen? Er ist in Gefahr!"

„Nein. Bleibt zusammen", riet Stromer. „In der Gruppe sind wir sicherer, und es könnte durchaus sein, daß es zu einem Kampf kommt. Wir dürfen nicht riskieren, daß uns die Bestie einzeln antrifft."

„Aber was ist mit dem Friedfertigen?" wollte Rostbraun wissen.

Stromer antwortete nicht.

Die jungen Füchse blickten sich zweifelnd an. Stromer und Renner schienen unentschlossen. Jetzt, wo der Friedfertige nicht in der Nähe war, fehlte es ihnen an Selbstvertrauen. Die Zeit verstrich. Die Stille, die sich über den Wald gesenkt hatte, war ihnen unheimlich.

„So-sollen wir noch ein Weilchen warten?“ stotterte Stämmig. Es war offensichtlich, was in ihm vorging.

„Ja, ich glaube schon.“ Stromer gab sich Mühe, ruhig zu klingen. Aber alle dachten sie dasselbe.

„Ich – äh – ich sehe nicht, was es nutzen soll ...“, begann Renner, dann wurde er leiser und verstummte schließlich ganz. Er hatte in der Ferne etwas gehört – nur ein Wispern, so als sei einer an einem Blatt vorübergestrichen. Dann – schon näher – ein sanftes Rascheln von Pflanzen. Die Läufe der Füchse bebten. Sie waren kurz davor, nach allen Seiten davonzustürzen.

Da hörten sie die Stimme vom Friedfertigen. „Es hat nicht geklappt – diesmal ist sie uns entwischt!“ rief er. Sie sahen ihn näherkommen, doch nicht aus der Richtung, aus der sie die Geräusche gehört hatten.

„Ich habe flüchtig etwas gesehen“, sagte er, als er schwer atmend zu ihnen trat. „Ich glaube, es war ein Schwanz.“ Man sah ihm seine Begeisterung an. „Wie auch immer, wir haben das Versteck der Bestie gefunden – oder zumindest eines davon.“

„Ich glaube nicht, daß uns das jetzt noch viel nützen wird“, wandte Stromer ein. „Was immer auch da drin war, es wird nicht mehr herkommen, nachdem wir die Stelle entdeckt haben. Dafür ist die Bestie viel zu schlau.“

„*War* sie es wirklich?“ fragte Tempo im Flüsterton.

„O ja, ganz sicher“, antwortete der Friedfertige und fügte zu Stromer gewandt hinzu: „Du hast natürlich recht.

Es ist zwecklos, hier noch einmal nach ihr zu suchen. Aber viel wichtiger ist – sie ist davongerannt! Sie wollte es nicht mit uns allen gemeinsam aufnehmen."

Die jungen Füchse machten höchst zufriedene Gesichter. Sie waren stolz, daß ihnen der Friedfertige einen Anteil an der Leistung zusprach, obwohl sie ja eigentlich gar nichts getan hatten.

„Wir können diesem Vieh einen Strich durch die Rechnung machen", fuhr der Friedfertige zuversichtlich fort. „Wir können es von hier vertreiben."

„Vielleicht", sagte Stromer. „Aber wie sollen wir ihm auf die Spur kommen? Jetzt ist es wieder verschwunden, also müssen wir mit unserer Suche wohl ganz von vorn beginnen."

Der Friedfertige überlegte einen Augenblick. „Zumindest könnten wir noch eine Weile in der Gegend bleiben", sagte er. „Vielleicht ist das Biest gar nicht weit von hier."

Die Füchse bezogen an weit auseinanderliegenden Punkten Position, um eine möglichst große Fläche von diesem Teil des Parks abzudecken, und richteten sich auf eine lange Wartezeit ein.

Während sie warteten, riß der Unbekannte seinen dritten Hirsch. Wieder war es ein nur wenige Tage altes Kalb. Plötzlich, lautlos und schnell wurde es getötet, genau wie seine Artgenossen. Wieder einmal sah es so aus, als wären der Alte Hirsch und die übrigen erwachsenen Tiere des Rudels nicht in der Lage, den Tod abzuwenden. Verschlungen wurde das Jungtier in einer ganz anderen Ecke des Parks.

Als es dunkel wurde, verspürten auch die jungen Füchse Hunger. Stromer verließ seinen Platz und ging zum Friedfertigen hinüber.

„Ich glaube, wir können es für heute aufgeben", schlug er vor.

„Aber nachts haben wir die beste Chance", entgegnete der Friedfertige. „Da ist die Bestie am aktivsten."

„Denk an die Jungen", sagte Stromer. „Meinst du, sie besitzen genug Durchhaltevermögen? Es könnte zu einer Nervenprobe werden."

„Wir beide sind doch in ihrer Nähe – und Renner ebenfalls", gab der Friedfertige zurück. „Aber vielleicht erwarte ich ja zuviel", fügte er hinzu.

„Wenn es ihnen so geht wie mir, sind sie bestimmt halb verhungert", bemerkte Stromer.

„Also gut. Sollen sie sich stärken", sagte der Friedfertige. „Aber wir bleiben hier und warten – einverstanden?"

Stromer guckte verdrießlich, doch das Dunkel verbarg seine Miene. Mit ausdrucksloser Stimme sagte er: „Natürlich, wenn du meinst, daß es etwas bringt."

„Der Versuch lohnt sich", antwortete der Friedfertige. „Sagst du den anderen Bescheid? Und wenn sie gefressen haben, können sie wiederkommen. Ich habe das Gefühl, daß wir gemeinsam heute nacht wirklich etwas zustande bringen könnten."

7

Noch mehr Probleme

Der Fuchs und die Füchsin fragten sich, worauf sich der Friedfertige und seine Gefolgschaft wohl einließen. Sie beratschlagten, was sie selbst unternehmen könnten, falls es tatsächlich Schwierigkeiten geben würde, doch sie mußten sich eingestehen, daß sie nichts tun konnten. Der Friedfertige war kein Junges mehr, das sich von den Älteren tadeln ließ. Er war zwei Jahre alt, ausgewachsen, hatte seinen eigenen Kopf, und wenn er sich Ratschläge auch höflich anhörte, unbedingt danach richten würde er sich nicht. Die noch jüngeren Füchse wären vielleicht nicht einmal bereit, ihnen zuzuhören.

„Sie müssen ihre eigenen Wege gehen“, meinte die Füchsin zusammenfassend.

„Ja“, sagte der Dachs, der bei seinen alten Freunden geblieben war. „Unsere Zeit ist vorüber. Ich für meinen Teil wünsche mir nur noch Ruhe und Frieden, bis es mit mir zu Ende geht.“

„Im Augenblick können wir wohl nicht darauf hoffen“, schätzte der Fuchs die Lage ein. „Die Bestie treibt nach wie vor ihr Unwesen, wie das letzte tote Hirschkalb beweist. Und die Kreuzotter sagt, es sei bei Tageslicht passiert, was dem Ganzen eine neue Dimension gibt. Der Unbekannte wird verwegener. Er scheut sich nicht, das, was er braucht, direkt unter der Nase des Wildhüters wegzustehlen.“

„Es sieht so aus, als sei das Problem unlösbar“, stimmte der Dachs zu. „Aber wir wissen ja, daß die Menschen keine Idioten sind. Eines Tages wird der mutige Jäger einen Schritt zu weit gehen.“

Dieser Gedanke tröstet sie alle ein bißchen. Die Kreuzotter hatte sie verlassen, um sich auf dem Moosbett, das ihr die Kröte angeboten hatte, zu erholen. Sie war bis jetzt die einzige, die einen Angriff des gefürchteten Unbekannten überlebt hatte. Die anderen blieben noch eine Weile und setzten das Gespräch fort, doch der Fuchs und die Füchsin waren schrecklich nervös. Unentwegt hielten sie nach einem der jüngeren Füchse Ausschau, aber vergeblich. Der Dachs machte sich schließlich auf den Heimweg.

Die Kreuzotter war inzwischen der Beschreibung der Kröte gefolgt und hatte es sich gerade gemütlich gemacht, als sie spürte, daß der Boden leicht vibrierte. Ein anderes Tier bewegte sich ganz in der Nähe. Ihre gespaltene Zunge zuckte hin und her, als sie versuchte, den Geruch des Tieres zu identifizieren. Sie hoffte auf einen schmackhaften Lekkerbissen, einen Frosch vielleicht oder eine Spitzmaus. Ihr Magen schien ein riesiges Loch zu sein. Die Blätter raschelten leise unter den Bewegungen des anderen Tieres. Offensichtlich war es ziemlich klein. Die Kreuzotter nahm es gelassen hin. Wenn man tagelang nicht gefressen hatte, waren selbst Schnecken und große Regenwürmer nicht zu verachten.

Doch sie hatte nicht eine Sekunde daran gedacht, daß es eine Schlange sein könnte. Aber so war es, und es war sogar eine Kreuzotter. Gedankenverloren glitt diese ganz in der Nähe über das Moos, richtete jedoch kein Wort an sie.

Die Kreuzotter überlegte sich, ob ihr Artgenosse sich wohl vorüberschlängeln würde, ohne sie zu beachten. Irgendwie entrüstete sie das, wenn sie auch nicht recht wußte, warum.

„Ich bin ein Lebewesen", sagte sie mit Sarkasmus in der Stimme, „kein trockenes Laub", und wunderte sich, warum sie das gesagt hatte.

Die andere Kreuzotter hielt inne und musterte sie mit dem starren Blick, den Schlangen haben.

„Oh – ja, das sehe ich", entgegnete sie langsam. „Hast du einen Kampf hinter dir?"

„Ja, habe ich. Du bist sehr aufmerksam." Die Kreuzotter hatte nicht gewußt, daß ihre Verletzungen so offensichtlich waren. Dann fiel ihr das stumpfe Schwanzende ein. „Das da ist eine alte Wunde", fügte sie hinzu. „Sie macht mir nicht mehr zu schaffen." Zu ihrer Überraschung stellte sie fest, daß die andere Schlange ein Männchen war.

„Du scheinst ein alter Krieger zu sein", sagte es. „Du bist ja von oben bis unten zerkratzt."

Die Kreuzotter war plötzlich stolz auf ihre Wunden. „Du bist nicht oft in diesem Teil des Waldes, oder?" bemerkte sie schüchtern.

„Nein. Ich habe nach Fröschen gesucht. Wenn sie nicht im Wasser sind, ist das hier eine gute Stelle. Aber ich hatte gerade vor, mich auszuruhen."

„Dasselbe tu ich auch", sagte die Kreuzotter. „Ein sehr bequemes Plätzchen, ich kann es empfehlen." (Was redete sie denn da eigentlich?)

„Tja, wenn das so ist", sagte das Männchen, „dann wäre es dumm von mir, deiner Empfehlung nicht zu folgen."

Die Kreuzotter wußte nicht, was sie nun noch sagen sollte. Sie war es nicht gewohnt, Konversation zu machen.

„Zur Zeit gibt es massenhaft Frösche", fuhr die fremde Schlange fort. „An allen möglichen Stellen habe ich welche gefunden."

„Das stimmt. Und dafür gibt es auch einen Grund."

„Einen Grund? Oh, vermutlich willst du damit sagen, daß es im letzten Frühjahr eine Kaulquappenschwemme gegeben hat?"

„Nein", zischelte ihr die Kreuzotter vertraulich zu. „Es hat etwas mit dem veränderten Lebensraum der Frösche zu tun."

Das Männchen begriff nicht, was damit gemeint war. Außerdem schien es sowieso nicht sonderlich interessiert zu sein.

Die Kreuzotter wartete vergeblich auf eine Antwort. Sie war enttäuscht, denn sie hatte gehofft, damit angeben zu können, wie genau sie Bescheid wußte. Schließlich sagte sie: „Weißt du, sie sind an Land gegangen, obwohl sie zur Zeit im Wasser sein sollten." (Die Kreuzotter hatte das dumpfe Gefühl, daß das ziemlich albern klang.)

„Ach, wirklich." Offensichtlich langweilte das Thema das Männchen.

„Weißt du, sie wurden von einem unbekannten und

mächtigen Jäger gezwungen, den Teich zu verlassen." Die Kreuzotter zog die Worte in die Länge, um den dramatischen Effekt zu erhöhen.

„Redest du von der Großen Katze? Über die weiß ich Bescheid", meinte das Männchen. „Hast du denn erst jetzt davon erfahren? Ich habe angenommen, daß inzwischen alle Parkbewohner informiert sind."

Die Kreuzotter war befremdet, ja sogar ein bißchen gekränkt. Hielt der andere sie für dumm? Jedenfalls fand sie, daß er sich nicht viel Mühe gab, höflich zu sein.

„Äh – ja", murmelte die Kreuzotter. „Aber woher weißt du denn, daß es eine Art Katze ist?"

„Was für eine komische Frage. Weil ich sie gesehen habe, natürlich."

Er hat wirklich eine schroffe Art, dachte die Kreuzotter. Warum gab sie sich überhaupt mit diesem Männchen ab? Für Höflichkeit hatte sie selbst normalerweise nicht viel übrig. Gerade wollte sie zu einer ihrer sarkastischen Entgegnungen ansetzen, als das Kreuzottermännchen weiterredete. „Mir kam eben ein Gedanke", zischelte es. „Deine Verletzungen. Stammen die vielleicht –"

„Ja!" rief die Kreuzotter triumphierend. Sofort fühlte sie sich besser. „Es war die Große Katze, wie du sie nennst, die mich so übel zugerichtet hat."

„Dachte ich mir", gab ihr Gegenüber zurück. „Du mußt ausgesprochen unvorsichtig gewesen sein, daß du ihr in die Quere kamst. Sie kann dich nicht gejagt haben, denn sie frißt keine Schlangen!"

Die Kreuzotter hatte sich geirrt, als sie glaubte, die andere sei von den Verletzungen beeindruckt. Jetzt wurde sie langsam wütend. Was glaubte diese Schlange denn eigentlich, wer sie war! Wie konnte sie es wagen, ihr Unvorsichtigkeit vorzuwerfen?

„Ich fürchte, du weißt nicht, was du sagst", sagte sie griesgrämig. „So verstohlen, wie sich dieses Tier bewegt, hilft auch die allergrößte Vorsicht nichts."

Das Männchen musterte die Kreuzotter einen Augenblick lang und sah, daß es sie geärgert hatte. „Jetzt reg dich nicht auf", meinte es leichthin. Es schien sich zur Ruhe begeben zu wollen, denn es glitt ein kleines Stück beiseite. Die Kreuzotter hörte es murmeln: „Mein Gott, drückt die sich geschwollen aus!"

Sie starrte zornig in die Dunkelheit. Inzwischen fand sie das Moosbett gar nicht mehr so weich und bequem. Sie hatte gar nicht bemerkt, wie gekränkt sie war. Sie – die Kreuzotter aus dem Farthing-Wald! Was hatte dieses Männchen denn schon geleistet, das mit ihren Heldentaten zu vergleichen war? Je mehr sie darüber nachdachte, desto mehr ärgerte sie sich. Schließlich konnte sie die Anwesenheit des anderen nicht mehr länger ertragen. Wortlos glitt sie davon und machte erst wieder halt, als sie ein gutes Stück zwischen sich und das Männchen gelegt hatte.

Während sie sich zum Schlafen zusammenrollte, dachte sie über ihre Reaktion nach. Warum hatte sie sich eigentlich so aufgeregt? Was bedeutete ihr das Männchen denn schon, daß sie sich auch nur einen Farnwedel darum kümmern sollte, was es dachte? Die Kreuzotter wunderte sich über sich selbst. Aber sie war schon halb entschlossen, bei Tagesanbruch zum Moospolster der Kröte zurückzukehren, um nachzusehen, ob ihr Artgenosse noch dort war – und wenn auch nur, um ihm zu sagen, was sie von ihm hielt!

Die Nachricht, daß ein Hirsch gerissen worden war, hörte der Friedfertige von seinen jungen Gefährten. Stämmig, Tempo und Rostbraun hatten sich wie abgesprochen auf

Futtersuche begeben. Sie waren eng beisammen geblieben, um sich gegenseitig Mut zu machen. Das hatte ihnen ein sicheres Gefühl gegeben, und so waren sie ziemlich weit herumgestreift. Es war Stämmig, der den Kadaver fand. Wie üblich war nicht mehr viel davon übrig. Die Reste lagen im Unterholz, und es gab keinen Zweifel daran, daß das Fleisch frisch war. Das Blut daran war kaum getrocknet. Stämmig machte die beiden anderen sofort darauf aufmerksam.

„Wie hat das dieses Vieh bloß so schnell geschafft? Es ist uns doch gerade eben erst entwischt", fragte Tempo, ohne wirklich eine Antwort zu erwarten.

„Uns?" wiederholte Rostbraun mit schiefem Blick.

„Na ja, dann eben dem Friedfertigen..."

„Es geht, wohin es will, sucht sich seine Beute aus, lauert ihr auf und schnappt sie sich einfach", sagte Stämmig.

„Ich wollte, ich hätte ein solches Selbstvertrauen und eine solche Geschicklichkeit", bemerkte Tempo. „Ich würde die Bestie gern mal in Aktion sehen. Wie schnell, wie lautlos alles abläuft..."

Stämmig musterte die Überreste. „Was ist? Sollen wir sie verderben lassen?" erkundigte er sich.

Stille. Dann sagte Rostbraun: „Aber das – das können wir doch nicht!"

„Warum nicht?" gab Stämmig großspurig zurück. „Kannst du den alten ‚Heimlichtuer' irgendwo sehen oder hören?"

„Nein. Das heißt aber nicht, daß er nicht in der Nähe ist. Woher sollen wir wissen, ob er nicht doch hier herumlungert?"

„Wir wissen es nicht", erklärte Stämmig. „Aber ich habe Hunger, und schließlich sind wir ja zu dritt."

„Ich glaube nicht, daß das klug wäre", mahnte Tempo.

„Möglicherweise will das Biest zurückkommen und die Reste fressen." Aber als er das Fleisch ansah und wieder roch, wie frisch es war, lief ihm das Wasser im Maul zusammen.

„Komm", drängte ihn Stämmig. „So eine Gelegenheit bietet sich vielleicht nie wieder." Er senkte den Kopf und biß ein kleines Stück ab. „Ihr werdet es bedauern", sagte er. „Glaubt mir, der Unbekannte sucht sich immer das beste Wild aus."

Damit war Tempo überredet, und schließlich nahm auch Rostbraun an der Mahlzeit teil. Es war eine Herausforderung, und die Jungfüchse machten sich gegenseitig Mut. Keiner der drei fühlte sich behaglich, während er fraß. Die ganze Zeit über spitzten sie die Ohren, damit ihnen nicht das leiseste warnende Geräusch entging. Steifbeinig und bereit, jederzeit loszurennen, standen sie da und kauten. Sie spürten ein Kribbeln im Rücken, und die Haare sträubten sich ihnen. Sie wußten, welches Risiko sie eingegangen waren. Doch nichts geschah, und als sie ihre Mahlzeit beendet hatten, waren sie sich einig, daß sie augenblicklich zurück in den Wald mußten, wo der Friedfertige und die älteren Füchse auf sie warteten.

Auf dem schnellsten Weg rannten sie zurück. Sie freuten sich schon auf das überraschte Gesicht des Friedfertigen, wenn sie ihm von ihrem Wagemut erzählten. Während sie bestens gelaunt dahintrabten, folgte ihnen ein Paar starre, funkelnde Augen von dem niedrigen Ast einer Eiche. Die Füchse wurden beobachtet; nichts von dem, was sie taten, entging den Augen.

Die Reaktion des Friedfertigen war nicht ganz so, wie sie erwartet hatten. Er machte ein betroffenes Gesicht, während sie berichteten, und sie rechneten schon mit Vorwürfen. Aber er erinnerte sich daran, wie treu sie ihm gefolgt waren, und brachte es nicht übers Herz, ihnen Vorhaltungen zu machen. Statt dessen lobte er sie sogar für ihren Wagemut.

Stromer dagegen gab ihnen zu verstehen, daß sie sich seiner Meinung nach ausgesprochen dumm verhalten hatten. „Ihr wißt nicht, was für Unannehmlichkeiten ihr euch damit eingehandelt haben könnt“, erklärte er. „Wenn es sich die Bestie in den Kopf setzt, euch eine Lehre zu erteilen, dann kommt bloß nicht zu *mir*.“ Er war halb verhungert, und die Tollkühnheit der jungen Füchse verschlimmerte seine schlechte Stimmung nur noch.

„Du wirst doch nicht wirklich meinen, was du da gesagt hast, Stromer“, wies der Friedfertige ihn zurecht. „In dieser Sache halten wir zusammen. Wir haben uns gemeinsam etwas vorgenommen und können jetzt keinen Rückzieher machen.“

„Tja, heute nacht läßt sich nichts mehr ausrichten“, erklärte Stromer entschieden. „Jetzt können wir Erwachsenen nicht mehr auf die Jagd gehen und die Jüngeren unbeaufsichtigt lassen. Nicht nach dem, was sie uns gerade erzählt haben. Was meinst du, Renner?“

„Ich bin ganz deiner Meinung“, stimmte sein Vetter zu. „Morgen ist auch noch ein Tag.“

„Natürlich ist morgen auch noch ein Tag“, sagte der Friedfertige. „Bloß müssen wir morgen wieder ganz von vorn anfangen und versuchen, eine Spur von ihr aufzuspüren. Ich finde immer noch, daß wir *jetzt* die größte Chance haben. Wenn nötig, verzichte ich heute nacht aufs Fressen.“

„Ich nicht“, erwiderte Stromer grob. „Die Lage hat sich geändert. Der Überraschungseffekt ist weg. Es könnte gut sein, daß die Bestie jetzt nach *uns* sucht.“

„Perfekt!“ gab der Friedfertige zur Antwort. „Sie würde

feststellen, daß sie einen schwerwiegenden Fehler gemacht hat. Wie will sie denn mit uns allen zusammen fertig werden?"

Renner entschied die Angelegenheit, indem er sich auf Stromers Seite schlug. „Dafür ist sie zu schlau. Laßt uns jetzt gehen und etwas fressen. Wir können uns morgen wieder treffen."

Der Friedfertige sah ein, daß er nachgeben mußte. „Also gut", sagte er und gab sich Mühe, sich seinen Ärger nicht anmerken zu lassen. „Ihr Jungfüchse werdet uns bei Abenddämmerung zu ihrem letzten Opfer führen, und dann versuchen wir, die Bestie von dort aus aufzuspüren. Vielleicht sind wir morgen erfolgreicher."

8

Neue Maßnahmen

Später in dieser Nacht kehrte die Kröte zu ihrem Mooslager zurück. Sie hatte sich an Schnecken und Insekten sattgefressen und war guter Laune. Nun war sie gespannt, ob die Kreuzotter das Plätzchen gefunden hatte, denn sie hatte große Lust auf einen Schwatz. Als sie die Schlange auf ihrem weichen Bett entdeckte, war sie entzückt.

„Du hast dir's ja sehr gemütlich gemacht", begann sie. „Meine Güte, es sieht wirklich so aus, als wären deine Wunden schon am Heilen!"

Das Kreuzottermännchen hob den Kopf und schaute auf die kleine Amphibie, die es da ansprach. Seine Augen funkelten gierig, denn zuerst hielt es das Tier für einen Frosch. Aber als es merkte, daß es eine Kröte war, verlor es das Interesse. Da es wußte, wie schlecht sie schmeckten, legte es den Kopf wieder aufs Moos.

Die Kröte war überrascht und ein bißchen enttäuscht von der Reaktion der Schlange. Aber sie wußte ja, wie unberechenbar die Kreuzotter war. Man konnte sich nie darauf verlassen, daß sie freundlich gestimmt sein würde. Doch dann fragte sich die Kröte, ob die Kreuzotter vielleicht Schmerzen hatte oder sich nicht wohl fühlte.

„Ist alles in Ordnung, Kreuzotter?“ fragte sie ernsthaft besorgt.

Die Schlange hob wieder den Kopf. „Mir geht es hervorragend“, entgegnete sie, „es überrascht mich, daß dich das so interessiert.“

Jetzt erkannte die Kröte ihren Irrtum und bewegte sich unwillkürlich einen Schritt zurück. Eine fremde Schlange war zunächst einmal ein Feind. „Ich – ich habe dich mit jemandem verwechselt“, murmelte sie und wollte sich davonmachen.

„Ich glaube, diesen Jemand habe ich getroffen“, war die unerwartete Antwort. „Weit wird er noch nicht gekommen sein. Er war hier, aber irgendwie scheine ich ihn durcheinander gebracht zu haben.“

Die Kröte packte die Neugierde, aber ihr Taktgefühl ließ sie weiterlaufen. Sie hätte zu gern erfahren, wie dieses Zusammentreffen abgelaufen war. Die Kreuzotter hatte, soweit man wußte, noch nie einen Gefährten gehabt. Allerdings war über ihr Privatleben kaum etwas bekannt. Die Kröte wußte jedoch ganz genau, daß – selbst wenn sie sie fand – die Kreuzotter kein Wort über diese Angelegenheit verlieren würde. Nachdenklich trottete das kleine Tier weiter. Von ihrem einsamen Ruheplatz aus hörte die Kreuzotter, wie die Kröte durch die Blätter raschelte. Sie wartete, bis sie näherkam, und zeigte sich dann.

„Du hättest nicht nach mir zu suchen brauchen“, zischelte sie.

„Hab ich auch nicht getan“, sagte die Kröte. „Ich mußte mein kleines Nest vorübergehend verlassen. Ich nehme an, du kannst dir denken, warum.“

Das Gesicht der Kreuzotter war wie eine Maske. Ihre unbewegliche Miene zeigte keine Andeutung von Verstehen. Sie blieb stumm. Die Kröte sagte nichts mehr. Statt dessen begann sie, sich in das modernde Laub einzugraben. Ihre Hinterbeine arbeiteten kräftig.

„Buddelst du dich ein?“ erkundigte sich die Kreuzotter neugierig.

„O nein. Aber ich sitze nie direkt an der Oberfläche“, erklärte die Kröte. „Man weiß ja nicht, wer vorbeikommt.“ Sie warf der Kreuzotter einen verschmitzten Blick zu, aber die reagierte nicht.

In den frühen Morgenstunden, es war noch dunkel, wurden sie von den Geräuschen rennender Füße geweckt. Bald fanden sie heraus, was dahintersteckte. Es war der Friedfertige mit seinen Anhängern.

„Sie sehen aus, als hätten sie etwas vor“, bemerkte die Kröte.

„Sicher“, sagte die Kreuzotter gedehnt. „Und ich glaube nicht, daß sie auf Jagd sind.“

Sie beobachteten, wie die Füchse weiterliefen.

„Es kommt nicht oft vor, daß sie zusammen unterwegs sind“, stellte die Kröte fest. „Die haben irgend etwas anderes erledigt.“

Sie hatten nur fünf der Füchse gesehen. Stromer hatte sich abgesetzt, um nach Nahrung zu suchen, denn sein Hunger war zu groß geworden. Einige Zeit später kam er direkt an der Kröte und der Kreuzotter vorbei, ohne sie zu bemerken. Er gehörte nicht zu den Tieren aus dem Farthing-Wald, aber die Kröte und die Kreuzotter waren so neugierig, daß sie ihn anhielten.

„Oh", sagte Stromer, als er sie sah. „Ich habe euch gar nicht bemerkt. Ich war mit meinen Gedanken woanders."

„Wir haben gerade den Friedfertigen mit einer Gruppe von Jungfüchsen gesehen", sagte die Kröte. „Es waren ziemlich viele. Und da haben wir uns gefragt, was das Ganze zu bedeuten hat."

Stromer hatte keine Bedenken, das Geheimnis preiszugeben. Das lag vor allem daran, daß er in dieser Nacht seine Begeisterung für den Plan, den Unbekannten in die Enge zu treiben, verloren hatte. „Wir haben uns zusammengetan", gab er ehrlich zu. „Wir waren hinter der Bestie her."

„Ich nehme an, ihr hattet kein Glück", lispelte die Kreuzotter. „Ich sehe jedenfalls keine Verletzungen."

„Einerseits ja, andererseits nein", gab Stromer geheimnisvoll zurück. „Es war der Einfall des Friedfertigen. Er will die Bestie von hier vertreiben, und er meint, eine Gruppe von Füchsen könnte es schaffen. Ich bezweifle das. Dieses Vieh ist uns mühelos entwischt. Aber etwas muß man unternehmen, da stimme ich ihm zu."

Die Kreuzotter führte ihre Wunden vor, um anschaulich zu demonstrieren, welche Konsequenzen ein Zusammentreffen auch für die Füchse haben könnte. Aber auf Stromer hatte das keinerlei Wirkung, denn obwohl der Mond schien, konnte er nicht erkennen, wie schwer die Verletzungen waren.

„Habt ihr vor, weiterzumachen?" fragte die Kröte.

„Der Friedfertige schon. Ich hege so langsam meine Zweifel", entgegnete Stromer. „Aber ich werde ein Weilchen bei ihm bleiben und sehen, was sich tut."

„Ich habe dir gerade gezeigt, was sich tun wird", zischte die Kreuzotter bissig. „Aber wenn du schon nicht auf meine Warnung hören willst, so denke wenigstens an die Jüngeren unter euch."

„Oh, das habe ich getan", versicherte Stromer. „Aber ich habe keine Kontrolle über sie, das mußt du verstehen. Sie sind keine kleinen Kinder mehr."

„Ihr alle verhaltet euch wie Kleinkinder", gab die Kreuzotter grob zurück. „Ihr spielt mit einer tödlichen Gefahr."

Stromer hatte etwas gegen diesen herablassenden Tonfall. Er war kein Flüchtling aus dem Farthing-Wald, der sich um die Schwächeren seiner Gefährten zu kümmern brauchte.

„Du kannst von mir aus denken, was du willst", erklärte er der Schlange. „Aber ich finde, daß man das Aufspüren und Überlisten eines Säugetieres am besten denen überlassen sollte, die etwas davon verstehen."

Die Kreuzotter ließ sich dadurch nicht aus der Fassung bringen. Sie konnte warten, bis künftige Ereignisse beweisen würden, daß sie recht hatte.

Stromer hielt sich nicht länger auf. Er wollte zurück zur Schönen, um sich zu überzeugen, daß mit ihrem neuen Wurf alles in Ordnung war.

Doch es gab keinen Grund zur Besorgnis. Die Schöne begrüßte ihn so liebenswürdig wie immer, und sie erkundigte sich dann, ob er und die anderen erfolgreich gewesen seien.

„Nein", erwiderte Stromer. „Erfolgreich ist nach wie vor nur diese Bestie. Sie ist ein geschickter Jäger, und ich glaube nicht, daß unser unbeholfenes Vorgehen ihr etwas anhaben kann."

„Also ist das Hirschrudel in großer Gefahr", folgerte die

Schöne. „Bin ich froh, daß Fuchsfleisch keine Delikatesse ist." Sie schauderte, als sie ihre Jungen ansah.

Stromer folgte ihrem Blick. Die winzigen Fellbündel, die sich aneinanderschmiegten, damit sie es schön warm hatten, bestärkten ihn in seinem Entschluß. Ja, der Friedfertige hatte recht. Sie *mußten* weitermachen. Denn wie würde die Zukunft dieser Kleinen – und die von ihnen allen – aussehen, solange sie in der Gewalt des Unbekannten waren?

„Die Hirschböcke werden sehnlichst darauf warten, daß ihre neuen Geweihe wachsen", murmelte er. „Sie sind der einzige Schutz für das Rudel." Er legte sich neben seine Gefährtin. Die Schöne stieß ihn tröstend mit der Schnauze an. Draußen vor dem Bau begann am Horizont der neue Tag zu dämmern.

Beim ersten Licht rührte sich die Kreuzotter. Die Kröte war tief in ihrem Nest aus weicher Erde und Blättern vergraben. Geräuschlos glitt die Kreuzotter davon. Sie mußte wieder an ihren Artgenossen denken und ertappte sich dabei, daß sie sich in dessen Richtung bewegte. Sie hatte sich noch nicht überlegt, wie sie das Männchen ansprechen wollte. So dachte sie den ganzen Weg über eine besonders kluge Bemerkung nach! Aber die andere Schlange hatte sich davongemacht, und der Kreuzotter blieb nichts anderes übrig, als über sie nachzugrübeln. Darüber vergaß sie sogar ihre Schmerzen.

Später an diesem Tag bemerkten die Parkbewohner, daß der Wildhüter und drei andere Männer sich am Rand des Parks an die Arbeit gemacht hatten, wo etwa fünfhundert Meter von seinem Häuschen entfernt ein Stück freies Gelände lag. Die Tiere verstanden zuerst nicht, was dort vor sich ging, denn der Anblick der Männer mit ihren Werkzeugen und Maschinen machte ihnen Angst, und sie blieben in sicherer Entfernung. Doch im Verlauf des Tages erstatteten Vögel, die das Gebiet überflogen hatten, Bericht. Es sah so aus, als würde dort ein Stück des Parks abgetrennt. Vom äußeren Zaun ausgehend, errichteten die Männer mit Pfählen und Querlatten ein Gehege, das aussah wie ein Miniaturpark innerhalb des Parks. Die Tiere quälte die Neugierde, aber natürlich wagten sie sich nicht in die Nähe. Am späten Nachmittag waren die Männer fertig. Um seinen Freunden einen Gefallen zu tun, faßte Pfeifer den Entschluß, sich umzusehen.

Als der Reiher über das Gebilde hinwegflog, waren die Männer mit ihren Gerätschaften verschwunden. Schon hatten sich ein paar der neugierigsten Tiere versammelt, um das Ganze zu inspizieren. Aus der Luft war zu erkennen, daß der Zaun einen Kreis mit einer einzigen Öffnung bildete.

„Wozu, um alles in der Welt, soll das gut sein?“ fragte sich Pfeifer. Er betrachtete es von allen Seiten, damit er es den anderen genau beschreiben konnte. „Irgend etwas soll darin untergebracht werden, soviel ist klar.“ Er flog davon und zermarterte sich den Kopf nach einer Erklärung.

Der Fuchs und die Füchsin, das Wiesel und Junghas erwarteten ihn schon. Nachdem er seine Beobachtungen bis ins kleinste Detail geschildert hatte, steckten sie ihre Köpfe zusammen.

„Hört sich an, als wär's eine Art Käfig“, sagte die Füchsin.

„Natürlich!“ rief das Wiesel. „Er muß für die Bestie bestimmt sein!“

„Das glaube ich nicht, Wiesel“, bemerkte Pfeifer. „Für ein einziges Tier ist er zu groß. Außerdem – sie kann doch klettern, oder nicht?“

„Ja, ja. Der Zaun würde sie nicht zurückhalten", stimmte der Fuchs zu. „Für dieses verschlagene Vieh muß man sich etwas viel Raffinierteres einfallen lassen."

„Die wollen doch wohl nicht … äh … uns da reinstekken?"

Junghas zögerte, weil er fürchtete, sich zu blamieren.

Die anderen amüsierte sein Einfall, sie bemühten sich aber, es nicht zu zeigen.

„Das wäre sinnlos", beruhigte ihn der Fuchs. „Mach dir also keine Sorgen, Junghas."

Da hörten sie einen vertrauten Schrei und schauten hoch. Sie sahen, wie der Waldkauz auf sie zugeflogen kam. Er schien es sehr eilig zu haben, landete ungeschickt und prallte dabei gegen die langen Beine des Reihers, daß der hochgewachsene Vogel ins Wanken kam.

„Entschuldige, Pfeifer", murmelte er aufgeregt. „Die Hirsche – die Hirsche –", begann er, brach dann aber ab. „Ich muß an mein Alter denken – ich sollte nicht so schnell fliegen", brummte er vor sich hin.

„Was ist mit den Hirschen?" fragte der Fuchs gespannt. Offensichtlich war etwas Wichtiges vorgefallen.

„Sie werden gerade zusammengetrieben", erzählte der Waldkauz atemlos. Er war völlig erschöpft.

„Also darum ging es!" riefen die anderen wie aus einem Mund.

„Ja, da sind Männer auf Pferden und – und – ein paar Hunde. Ich weiß nicht, wo sie das Rudel hinbringen wollen."

Der Fuchs klärte den Vogel auf. Dann fuhr er fort: „Bestimmt wollen die Männer, daß die Hirsche alle zusammen an einem Ort sind. Vermutlich kann man so besser auf sie aufpassen."

„Aber gefüttert werden müssen sie auch", betonte die

Füchsin, „wenn man sie nicht freiläßt, damit sie auf Nahrungssuche gehen können."

„Eins steht fest. Damit sind die Hirsche vor unserem lautlosen Freund in Sicherheit", sagte das Wiesel höchst zufrieden.

„Ja, das sind sie", stimmte Pfeifer zu. „Aber warte mal – kriegen kann er sie trotzdem noch."

„Ich glaube, wir sollten den Menschen ein bißchen mehr Verstand zutrauen", meinte der Fuchs. „Ich halte es für unwahrscheinlich, daß sie ein Rudel eingepferchter Hirsche ohne Bewachung zurücklassen werden. Die Tiere sollen ja vor der Bestie geschützt und ihr nicht auf Gedeih und Verderb ausgeliefert werden."

„Natürlich!" Der Reiher war zerknirscht. „Wie dumm von mir."

„Man kann die Sache auch mal von einer anderen Seite betrachten", überlegte der Fuchs. „Möglicherweise sollen die Hirsche als Köder für die Bestie dienen. Dann werden unser schlauer Wildhüter und seine Freunde zuschlagen und uns von der Gefahr befreien!"

„Arme Hirsche", murmelte die Füchsin, „auf eine solche Weise benutzt zu werden! Ich hoffe, daß die Katze auch diesmal zeigen wird, wie klug sie ist, daß sie Vernunft annimmt und aus dem Park verschwindet."

Sobald die Füchsin zu Ende gesprochen hatte, wurde ihr und den anderen klar, was das für Folgen haben könnte. Ernst sahen sie sich an. Alle hatten denselben Gedanken. Wenn die Bestie nun nicht die Jagdgründe verließe, sondern sich auf eine andere Kost verlegte...

Junghas wußte, daß er von allen Anwesenden der am meisten gefährdete war. „Sie wird wieder Hasen und Kaninchen jagen", flüsterte er und starrte mit angstvollen Augen geradeaus, als könne er diesen Alptraum vor sich sehen. „Von euch hat keiner viel zu befürchten – hattet ihr noch nie."

„Wir müssen versuchen, das Positive an der Sache zu sehen", erklärte ihm der Fuchs ernst. „Wenn die Bestie Geschmack an Hirschfleisch gefunden hat, ist sie wahrscheinlich nicht mehr bereit, auf derartige Leckerbissen zu verzichten. Und was passiert dann? Sie wird geschnappt – oder umgebracht."

„Davon bin ich nicht überzeugt", entgegnete Junghas. „Danke, daß du mir Mut machen willst, Fuchs. Ich weiß, du meinst es gut. Aber dieses Tier hat irgend etwas an sich – eine Art – hm – Unbesiegbarkeit."

„Nun, das werden wir sehen", sagte der Fuchs grimmig. „In der Zwischenzeit solltet ihr euch verborgen halten, deine Familie und du, und keine großen Ausflüge unternehmen."

„Oh, das tun wir ohnehin schon die ganze Zeit, aber eine Verteidigung ist das nicht."

„Junghas hat recht", meinte der Waldkauz. Zu dem Hasen gewandt fuhr er fort: „Ich weiß nicht, warum ihr euch nicht an euren Vettern, den Kaninchen, ein Beispiel nehmt, und euch einen unterirdischen Bau grabt. Ihr liegt im Freien, ohne mehr als eine Bodenmulde zu haben, um euch zu verstecken." Der Waldkauz hatte noch nie sonderlich viel Takt bewiesen, und das Wiesel warf ihm einen bösen Blick zu.

„Es ist nicht unsere Art, uns einzugraben", erklärte Junghas. „Wir müssen uns auf unsere Schnelligkeit verlassen."

Der Waldkauz erwiderte den Blick des Wiesels, ohne einen Funken Reue zu zeigen. Dann redete er unbeirrt weiter. Er hielt seine Grobheit wohl für eine Tugend. „Schnelligkeit werdet ihr tatsächlich brauchen", wandte er sich wieder an den Hasen, „wenn ihr dem Tier, das *ich* sah, entkommen wollt."

„Was weißt du schon darüber?" erkundigte sich das Wiesel verärgert. „Ist das Biest gerannt, als du ihm begegnet bist?"

„Äh – nein, aber ich –"

„Dann red nicht so einen Unsinn", unterbrach es ihn. „Junghas fürchtet sich auch so schon genug."

Der Waldkauz schien nun seine Bemerkung doch ein wenig zu bedauern. „Ich meine ja nur, es ist besser, wenn man weiß, woran man ist", entschuldigte er sich. „Ich bin sicher, Junghas versteht das. Ich wollte ihm keine Angst einjagen."

„Schon gut", sagte der Hase. „Laß uns nicht streiten – das hilft auch nichts. Wir sitzen alle im gleichen Boot, nicht wahr?"

„Natürlich", lenkte der Waldkauz ein. „Wenn ich irgendwie helfen kann, dann könnt ihr, wie ihr wißt, immer auf mich zählen."

„Nur nicht in Sachen Feinfühligkeit", brummte das Wiesel.

„Sag mal, Kauz", sagte Pfeifer hastig, „bist du immer noch der Meinung, hier ist mehr als ein unbekanntes Tier unterwegs?"

Der Waldkauz hatte vergessen, daß er das einmal behauptet hatte. „Oh – äh – tja, ich weiß nicht recht, Pfeifer. Die Tatsachen scheinen nun doch darauf hinzudeuten, daß es – äh – daß es vielleicht nur eines gibt." Er hatte sich überrumpeln lassen, und das war ihm ein bißchen peinlich. Daher versuchte er, sich wieder ins rechte Licht zu rücken. „Ich werde heute abend in der Nähe dieses Hirschgeheges die Augen offenhalten und sehen, ob ich etwas entdecke." Die Tiere sahen zu, wie er davonflog.

„Nun ja“, sagte der Fuchs. „Die nächsten Tage sollten uns zeigen, ob der Plan des Wildhüters funktioniert. Jetzt wird sich herausstellen, was die Bestie wirklich kann.“

9

Gefangen

Schon bevor der Abend dämmerte, war der Friedfertige bereit und sah ihrem Vorhaben gespannt entgegen. Die drei jüngeren Füchse – Tempo, Rostbraun und Stämmig – kamen an, als sich die Dunkelheit über den Park zu legen begann. Stromer und Renner trafen zuletzt ein. Kein Wort wurde gesprochen. Sie wußten alle, was zu tun war.

Stämmig ging voran, gefolgt von Tempo und Rostbraun. Sie hielten geradewegs auf die Überreste des Hirschkalbs zu, die sie am Abend zuvor gefunden hatten. Als sie sich der Stelle näherten, bewegten sie sich langsamer und viel vorsichtiger. Wie gewöhnlich blieben sie in regelmäßigen Abständen stehen, um zu horchen. Endlich langten sie bei dem Kadaver an. Es waren nur noch Knochen und Haut davon übrig. Der Friedfertige schnupperte zunächst intensiv an den Resten und dann am Boden ringsum. Die anderen taten es ihm nach.

„Es riecht sehr stark nach Blut“, sagte der Friedfertige mit leiser Stimme. „Und da ist noch etwas – etwas, das ich kenne.“ Er war ganz versunken in das, was er tat. „Ja, derselbe Geruch wie gestern. Es ist die Witterung der Bestie. Die Frage ist nur – wohin führt die Spur?“

Mit tief gesenkter Schnauze lief er hierhin und dorthin. Dann kläffte er kurz auf. „Kommt! Da entlang!“ flüsterte er.

Er folgte der Spur, die am kräftigsten roch; sie war die frischeste. Die anderen Füchse liefen hinter ihm her durchs Unterholz. Den Jungen klopfte das Herz bis zum Hals.

Der Friedfertige drehte sich um. „Haltet die Augen und die Ohren offen“, befahl er. „Das Auffinden der Spur überlaßt ihr mir.“

Langsam liefen sie weiter. Das Unterholz wich einer offenen grasbewachsenen Fläche, die zu großen Teilen noch von den häufigen Frühlingsschauern aufgeweicht war. Plötzlich hielt der Friedfertige an und drehte sich um. Seine Augen glänzten. „Seht!“ triumphierte er.

Mitten in dem kurzen Gras lag ein kleiner Fleck nackter Erde, auf dem nur hier und da Wegerich wuchs. Dort war deutlich ein riesiger Pfotenabdruck zu erkennen. Fast sah es so aus, als wäre er absichtlich zurückgelassen worden, um ihnen zu helfen.

„Diesmal sind wir ihr wirklich auf der Spur“, sagte der Friedfertige. „Hier haben wir einen eindeutigen Hinweis.“

Alle starrten auf den Abdruck. Offensichtlich war er noch ziemlich frisch. Nur Stromer schien nicht glücklich. „Ich weiß nicht, es könnte eine Falle sein.“

„Eine Falle?" riefen die Jungfüchse.

„Was meinst du damit, Stromer?" fragte der Friedfertige leise.

„Ist der Hinweis nicht etwas zu deutlich?" gab der zurück.

„Unsinn!" antwortete der Friedfertige sofort. „Willst du damit sagen, daß die Bestie versucht, uns anzulocken –" Er brach ab, sah Stromer an und überlegte. „Da könnte was dran sein", murmelte er dann. „Aber wie können wir das beurteilen?" Er hing dem Gedanken eine Weile nach, schüttelte ihn dann jedoch ab. „Wie auch immer", sagte er, „wenn du recht hast, dann ist es auch gut." Der Friedfertige sah entschlossen aus. „Unser Freund wird sein blaues Wunder erleben."

Die Füchse machten sich wieder auf den Weg, doch jetzt merklich vorsichtiger. Sie überquerten die Lichtung, und nun führte sie die Spur in ein kleines Wäldchen. Es war nicht das von gestern. Tempo, Rostbraun und Stämmig schmerzten Augen und Ohren, so sehr hatten sie sich angestrengt, jeden Laut, jede Spur, jede Bewegung wahrzunehmen. Stromer und Renner war nicht anzusehen, was in ihnen vorging, aber sie alle warteten darauf, daß etwas passieren würde. Der Friedfertige machte am Fuß eines Baumes halt und umrundete ihn, um herauszufinden, wohin die Spur führte. Verwirrt setzte er sich. Die anderen sahen ihn an, doch keiner wagte, ein Wort zu sagen. Ihre Rückenhaare sträubten sich. Langsam hoben sie die Köpfe.

Der Friedfertige folgte ihrem Blick. Im selben Augenblick zerriß ein gespenstisches Knurren die Stille im Wäldchen. Im nächsten sprang ein riesiges Tier vom Baum und landete direkt neben Stämmig. Ein einziger Schlag mit der Vorderpfote brachte den Fuchs zu Fall. Dann packte ihn das Tier im Genick, und während er hilflos und mit baumelnden Beinen dahing, wirbelte es mit einem einzigen Satz herum und sprang wieder auf den Baum. Seine Krallen scharrten heftig an der Rinde, während es rasch am Stamm hinauf bis zu einem dicken, hohen Ast kletterte. Die fünf Füchse kläfften ihm wütend hinterher. Ihre Haare sträubten sich, sie fletschten die Zähne, und ihre Augen funkelten vor Zorn. Doch sie waren hilflos. Das Tier hatte den zappelnden Stämmig so fest im Griff, als wäre er ein Kaninchen. Es blickte derart feindselig auf die Füchse herunter, daß ihr Gekläffe stockte und schließlich ganz verstummte. Sie konnten gar nichts tun, und sie wußten es.

„Es war tatsächlich eine Falle", murmelte Stromer kaum hörbar.

Sich ihrer Hilflosigkeit bewußt, starrten die Füchse durch die Dunkelheit zu diesem Ungeheuer hinauf. Sie sahen nur die funkelnden Augen – Augen, die über ihre Schwäche zu spotten schienen. Wie angewurzelt standen die Füchse da. Sie waren unfähig, darüber nachzudenken, was zu tun wäre. Es war, als hätte die Bestie sie erstarren lassen.

Schließlich sagte der Friedfertige heiser: „Wir müssen Hilfe holen." Er wußte weder, was das für Hilfe sein könnte, noch wo sie danach suchen sollten. Er hatte nur das Schweigen durchbrechen wollen.

„Aber wir können ihn doch nicht im Stich..." begann Tempo. Er kam ins Stocken und verstummte.

Keiner der anderen sagte etwas. Sie wagten nicht, sich anzusehen. Der Friedfertige entfernte sich mit hängendem Kopf. Er wußte, daß sie nichts tun konnten, selbst wenn sie bis zum Morgengrauen warteten. Hilflos folgten ihm die anderen. Von seiner grauenerregenden Höhe aus sah ihnen der zu Tode verängstigte Stämmig nach.

Sobald die Bestie sicher war, daß sich die Füchse davongemacht hatten, lockerte sie ihren Griff, und Stämmig fiel wie ein Stein zu Boden.

Als das Wäldchen ein Stück weit hinter ihnen lag, ließen die Füchse ihren Gefühlen freien Lauf. Sie brauchten einen Schuldigen, den sie verantwortlich machen konnten. Natürlich war es der Friedfertige.

„Diese Unternehmung war total idiotisch“, begann Renner. „Es war deine Idee. Du hättest dir denken können, daß es nur so enden konnte.“

„Ich habe das Ganze von Anfang an für einen Fehler gehalten“, pflichtete ihm Stromer bei. „Sieh nur, in was für eine Lage du uns gebracht hast.“

„Wie sollen wir es bloß Feder beibringen?“ murmelte Rostbraun.

Nur Tempo, der Sohn des Friedfertigen, äußerte sich nicht. Aber er dachte wie die anderen.

„Glaubt ihr nicht, daß ich es jetzt auch bereue?“ jammerte der Friedfertige. „Aber wie hätte ich das voraussehen sollen? Ich wollte doch nur das Beste. Und – ich habe euch nicht gezwungen mitzukommen.“

„Stimmt“, sagte Tempo. „Wir müssen fair bleiben. Vorwürfe nützen nun auch nichts mehr.“

„Wir sollten darüber nachdenken, wer uns helfen könnte“, sagte der Friedfertige. „Ich habe keine Ahnung, an wen wir uns wenden sollen. Vielleicht würde mein Vater –“

„Dein Vater“, unterbrach ihn Stromer, „hätte von Anfang an mehr Vernunft bewiesen!“ Jetzt fiel ihm wieder ein, was die Kreuzotter gesagt hatte.

„Du hast recht“, sagte der Friedfertige unglücklich. „Er hat uns allen von Anfang an geraten, uns nicht einzumischen.“

„Großvater ist sehr weise“, sagte Tempo. „Vielleicht fällt ihm etwas ein, was wir unternehmen könnten.“

Schweigend gingen sie weiter. Alle sahen sie Stämmig vor sich, wie er zwischen den grausamen Zähnen der Bestie hing. Und mit diesem mächtigen Tier hatten sie sich einlassen wollen! Das Bild des jungen Fuchses ließ den Friedfertigen nicht los, denn er fühlte sich verantwortlich, auch wenn er es nicht zugab.

Stromer und Renner lösten sich aus der Gruppe, als sie in die Nähe des Fuchsbaus kamen. Sie stammten von anderen Vorfahren ab und fühlten sich dem Vater des Friedfertigen nicht so eng verbunden.

Der Fuchs und die Füchsin waren nicht da. Der Friedfertige jaulte vor Enttäuschung. Ausgerechnet jetzt, wo er sie so dringend brauchte! Natürlich waren sie auf der Jagd. Doch sein verzweifelter Ruf wurde von einem anderen Tier beantwortet. Der Friedfertige erkannte die Stimme des Dachses. Er mochte das alte Tier sehr, aber es war ausgerechnet derjenige von seinen Freunden, der jetzt wirklich zu alt und zu schwach war, um ihnen beistehen zu können.

„Was ist los, Friedfertiger?“ fragte der Dachs, nachdem er ihn und die beiden Jungfüchse begrüßt hatte.

Der Fuchs erklärte mit trauriger Miene, was vorgefallen war. Der Dachs war entsetzt.

„Ach du liebe Güte, ach du liebe Güte, o weh, o weh!“ murmelte er unentwegt vor sich hin und wiegte dabei seinen gestreiften Kopf hin und her. „Oje! Ach du liebe Güte, o weh, o weh!“ Er grübelte darüber nach, wie er ihnen helfen könnte. „Armer Stämmig. Hatte er eine Gefährtin?“

„Nein“, gab Rostbraun zur Antwort.

„Ein Segen“, murmelte der Dachs. „Aber Feder wird

außer sich sein! Wenn ihre Kleinen in Gefahr sind, verhalten sich alle Füchsinnen gleich." Ein Gedanke durchzuckte ihn. „Sie darf es nicht erfahren – noch nicht", sagte er hastig. „Möglicherweise unternimmt sie etwas sehr Dummes, und davon hatten wir schon genug."

Der Friedfertige steckte den Vorwurf wortlos ein.

Im Kopf des Dachses bildete sich eine Idee. Alles hing davon ab, was die Katze mit ihrem Opfer anstellen würde. Wenn sie vorhatte, es zu töten, war es zu spät, noch etwas zu unternehmen. Aber wenn sie es lediglich gefangenhalten sollte, dann gab es vielleicht noch einen Ausweg. Der Dachs faßte einen Entschluß. Er wußte, daß er den Füchsen nichts von seinem Plan erzählen durfte. Sie würden ihn mit Sicherheit verhindern. Also ließ er sich nichts anmerken.

„Ich glaube, du mußt warten und mit deinem Vater reden", erklärte er dem Friedfertigen. „Zweifellos hattest du das sowieso vor. Bleibt alle hier. Ich will sehen, ob ich ihn finden kann, und dann schicke ich ihn her. Aber rührt euch nicht vom Fleck – versprecht ihr mir das?"

„Wir versprechen es", sagten Tempo und Rostbraun. Der Friedfertige war so verzweifelt, daß er nicht einmal antwortete.

Der Dachs trottete davon, während er darüber nachdachte, was er nun tun mußte. Es dauerte einige Zeit, bevor ihm schlagartig klar wurde, daß er nicht wußte, welche Richtung er nehmen sollte. Er hatte keine Ahnung, wo Stämmig war!

„Oh, du alter Narr!" schimpfte er mit sich selbst. „Du hast ganz vergessen zu fragen, wo das alles passiert ist." Was sollte er nun tun? Er konnte ja nicht den ganzen Park nach diesem nicht zu fassenden Jäger absuchen. Ebensowenig konnte er zurückkehren, um dem Friedfertigen diese entscheidende Frage zu stellen. Der würde sofort mißtrauisch werden, und dann war sein Plan gescheitert. In Wirklichkeit hatte er nämlich gar nicht vor, den Fuchs zu suchen. Er wollte nur, daß die drei Füchse blieben, wo sie waren, und ihm nicht in die Quere kamen. Früher oder später würden der alte Fuchs und seine Gefährtin zu ihrem Bau zurückkehren. Aber jetzt fiel ihm nichts Besseres ein, als seinen langjährigen Freund um Rat zu fragen. Also strich er umher, suchte all die Plätze ab, wo es am wahrscheinlichsten war, daß er ihn finden würde. Von Zeit zu Zeit rief er mit seiner barschen, pfeifenden Stimme nach ihm. Er ging sogar zum Bach und folgte ihm ein Stück weit am Ufer, falls der Fuchs gerade Wasserratten jagen sollte. Aber er traf niemanden, nicht einmal Pfeifer, der zu diesem Zeitpunkt gemütlich auf einem hohen Baum saß.

Vollkommen entmutigt machte sich der Dachs langsam auf den Rückweg. Er hoffte, jetzt alle Füchse gemeinsam anzutreffen. Er war so in Gedanken versunken, daß er nicht sah, wie ihm ein kleines Tier rasch auswich. Aber er hörte es quieken.

„Maulwurf?“ murmelte er automatisch.

„Nein – äh – ja. Da bin ich, Dachs“, war die Antwort. Es war Moosweich.

„Oh, Maulwurf, eine Katastrophe ist passiert“, sagte der Dachs. „Diese gräßliche Katze hat Stämmig geschnappt.“

Moosweich wußte nicht, wer Stämmig war, aber er erinnerte sich an den Rat, den ihm das Wiesel gegeben hatte, und ließ sich nichts anmerken. „Der Arme“, stimmte er zu und fragte sich dabei, für welches Tier er da wohl Mitleid zeigte.

„Ja“, sagte der Dachs. „Sie hätten ihr fernbleiben sollen. Dabei war er noch so jung.“

„Ich weiß“, schwindelte Moosweich.

„Wenn das schon einem von uns passieren mußte, warum dann nicht mir – oder – oder – irgendeinem, der in der gleichen Lage ist wie ich?“ sagte der Dachs. „Mein Leben ist sowieso schon so gut wie vorbei.“

„Sag das nicht, Dachs“, rief Moosweich schrill. Diesmal war seine Antwort ehrlich gemeint. „Deine Freunde wären untröstlich.“

„Danke, lieber Maulwurf“, sagte der Dachs herzlich. „Aber – oh! Jetzt muß ich dich verlassen! Ich darf keine Zeit verlieren.“

Moosweich sah zu, wie der Dachs davontrottete, und Zuneigung für das alte Tier stieg in ihm auf. „Ich weiß, er war der treueste Freund meines Vaters“, murmelte er vor sich hin. „Vielleicht kann ich die Schuld begleichen.“

Als der Dachs in Sichtweite des Fuchsbaus kam, sah er, daß der Fuchs und die Füchsin zurückgekehrt waren. Alle fünf Füchse hatten sich versammelt, und der Friedfertige, Tempo und Rostbraun erklärten gerade bedrückt, was sich zugetragen hatte. Der Dachs wartete eine Weile, damit der Fuchs und die Füchsin die schlechten Nachrichten in ihrer ganzen Tragweite erfassen konnten, bevor er sich zu ihnen gesellte. Als er sich schließlich näherte, wandte ihm die Füchsin ihr unglückliches, sorgenvolles Gesicht zu. Der Fuchs war tief in Gedanken versunken. Erst als der Dachs zu ihnen trat, entdeckte er den Waldkauz, der von einem nahe gelegenen Baum zusah, und überlegte sich, ob wohl auch der Vogel etwas zu berichten hatte. Jetzt, sagte sich der Dachs, mußte er seine Frage stellen.

„Wo ist Stämmig? Wo hat das Ganze stattgefunden?“

Mit leiser Stimme beschrieb Tempo das Wäldchen. Der Dachs wollte mehr wissen. In welchem Teil des Parks war das Wäldchen? Lag es in der Nähe vom äußeren Zaun?

„Nein, dort bestimmt nicht", schaltete sich der Waldkauz ein. „Dort ist der Wildhüter und paßt auf die Hirsche auf, also hält die Bestie sicheren Abstand. Warum sollte sie riskieren, erschossen zu werden."

„So ist es. Schließlich gibt es noch andere Nahrung für sie", stimmte der Dachs zu. Im selben Moment wünschte er, er hätte es nicht gesagt. Er hatte an Kaninchen und ähnliche Tiere gedacht, aber jetzt kam ihm Stämmig in den Sinn.

„Nicht nur andere Nahrung – auch seine Lieblingsspeise", fuhr der Kauz fort.

„Seine Lieblingsspeise?" wiederholte der Dachs verdutzt.

„O ja. Es wurden nämlich nicht alle Hirsche ins Gehege gesperrt. Ich habe zwei Hirschkühe gesehen, die mutterseelenalleine im Park herumspazierten. Sie müssen von den anderen getrennt worden sein. Vermutlich sind es Kühe, die zu alt sind, um noch Junge zu kriegen."

Jetzt sah der Fuchs auf. „Siehst du, auch die Pläne der Menschen sind fehlgeschlagen, Dachs. Welche Chancen sollen dann *wir* haben, uns von der Plage zu befreien?"

„Nun, wir können nicht so leben, als würden wir belagert", erklärte der Dachs. „Und zuallererst müssen wir Stämmig retten."

„Dann sag uns, was du machen willst", forderte ihn der Waldkauz auf. Er war davon überzeugt, daß der Dachs langsam senil wurde, und erwartete, eine Menge Unsinn zu hören.

„Ich habe tatsächlich einen Plan", sagte der Dachs unsicher. „Aber ich – ich kann ihn euch nicht sagen."

Der Waldkauz schnaubte abfällig. Aber der Fuchs horchte auf.

„Warum kannst du ihn uns nicht sagen?" fragte er.

„Ihr wärt nicht damit einverstanden“, erklärte der Dachs.

„Vermutlich hat er die verrückte Idee, die Bestie zum Kampf herauszufordern“, bemerkte der Kauz verächtlich.

Der Dachs schwieg. Es war etwas Wahres an dem, was der Waldkauz gesagt hatte.

„Ich hoffe, daß das nicht –“, begann der Fuchs eindringlich.

„Nein, nein, mach dir keine Sorgen“, versicherte ihm der Dachs. „Ich bin nicht ganz der alte Idiot, für den mich der Kauz hält.“

„Daß du ein alter Idiot bist, habe ich auch nicht behauptet“, bemerkte der Kauz ein wenig verlegen.

Der Dachs tat, als wäre er schrecklich beleidigt. Es diente seinem Plan. „Und du, Kauz, du bist so schlau, was?“ knurrte er. „Du hast das Vieh gesehen und nicht einmal gemerkt, daß es eine große Katze ist!“ Er spielte perfekt Theater, sah sehr verletzt und empört aus, drehte ihnen den Rücken zu und ging davon.

„Sieh nur, was du angestellt hast, Kauz“, schimpfte der Fuchs. „Mußt du denn noch mehr Unheil anrichten? Als ob wir nicht auch so schon genug Probleme hätten!“

„Na ja – ich – ich – wollte nicht...“ stotterte der Vogel.

Als der Dachs sicher war, daß ihn die Dunkelheit verbarg, wurde er schneller. Er wußte, er mußte rasch handeln, denn bestimmt würde der Fuchs seinen Sohn früher oder später dazu auffordern, ihn und die Füchsin zu der Stelle zu führen, wo die Bestie Stämmig geschnappt hatte. Ihr alter Anführer konnte nicht einfach untätig abwarten. Das entsprach nicht seiner Art.

Mit der recht genauen Beschreibung, die ihm Tempo

gegeben hatte, machte sich der Dachs auf die Suche nach dem Wäldchen. Sein Plan war ganz einfach: Er wollte sich der Bestie ausliefern, wenn sie dafür den jungen Fuchs freiließ.

10

Ein gemeinsames Ziel

Der Fuchs hatte tatsächlich eingesehen, daß es keine andere Möglichkeit gab, als Stämmig zu Hilfe zu kommen. Schließlich machten sich die vier männlichen Füchse auf den Weg. Die Füchsin ließ den Waldkauz allein zurück und ging in Richtung Dachsbau. Sie wollte ihren alten Freund trösten, weil er, wie sie dachte, so gekränkt worden war. Der Bau war natürlich leer. Als sie wieder aus dem dunklen Labyrinth auftauchte, traf sie Moosweich, der offensichtlich gerade hineingehen wollte.

„Ist der Dachs da?“ fragte er. Er wußte, wer die Füchsin war.

„Nein. Oh – du mußt –“

„Nenn mich einfach Maulwurf“, piepste er.

„Natürlich."

Moosweich erkundigte sich nach Stämmig und erfuhr, daß es sich um einen anderen Fuchs handelte. Dann erzählte er der Füchsin, was der Dachs gesagt hatte: daß sein Leben schon fast vorbei sei und es besser gewesen wäre, wenn man *ihn* an Stämmigs Stelle geschnappt hätte. Die Füchsin erstarrte, denn ihr fiel ein, daß sich der Dachs von Tempo das Wäldchen hatte beschreiben lassen. Ja, es war ganz klar, was er vorhatte – es wäre typisch für ihn. Sie mußte ihn aufhalten!

Sie rannte los. Ihr erster Gedanke war, den Waldkauz als Boten zu benutzen. Flügel waren schneller als Beine. Aber er war nirgends mehr zu sehen, und sie mußte auf ihre eigene Geschwindigkeit vertrauen. Sie war nicht mehr das schnellbeinige, gelenkige Tier, das sie in ihrer Jugend gewesen war. Eine Weile sprang sie in großen Sätzen dahin, dann fiel sie in einen langsameren Trab. Wenn es ihr gelang, die anderen vier einzuholen, konnte man einen der jungen Füchse vorausschicken, um den Dachs an seinem Vorhaben zu hindern. Aber es dauerte nicht lange, bis sie mühsam nach Luft schnappte. Ihre Flanken bebten, und sie mußte stehenbleiben, um Atem zu schöpfen.

Der Vorsprung des Dachses war um einiges kleiner geworden, da die Füchse viel schneller vorwärts kamen als er. Aber das alte Tier trottete beharrlich und voller Entschlossenheit weiter. Da der Dachs nicht so genau wußte, wo sein Ziel eigentlich lag, trafen die Füchse, die den kürzesten Weg eingeschlagen hatten, vor ihm ein. Beklommen führte der Friedfertige sie zu dem Baum, in dem der Mörder gelauert hatte. Stämmig lag noch genau an der Stelle, wohin er gefallen war. Mit ungläubigem Entsetzen starrte der Friedfertige ihn an. Die anderen standen um ihn herum.

Der alte Fuchs betrachtete seinen toten Enkelsohn. Er verspürte einen scharfen Stich, als ihm einfiel, wie er einst eines seiner eigenen Jungen im selben Zustand vorgefunden hatte. Doch diesmal war es ein ausgewachsener Fuchs, und er wies keinerlei sichtbare Wunden auf.

Tempo und Rostbraun sahen furchtsam in den Baum hinauf. Kein Laut, kein Zeichen deutete darauf hin, daß der Jäger noch da war. Die Katze hatte ihre Arbeit erledigt und war weitergezogen – und keiner wußte wohin.

Als nächstes traf die Füchsin ein. Der Fuchs sah seine Gefährtin schweigend an.

„Kommen – kommen wir zu spät?" wisperte sie. Dann sah sie den reglosen Stämmig liegen.

„Er hatte nicht die geringste Chance", stieß der Fuchs heiser hervor. Ohnmächtige Wut hatte ihn gepackt. „Das soll mir diese Katze büßen", knurrte er.

Die Füchsin verstand ihn, doch fiel ihr nichts Tröstendes ein. Das Herz tat ihr weh.

„Auch ich wollte sie büßen lassen, damit fing alles an", murmelte der Friedfertige. „Ich hätte nicht gedacht – oh, wie dumm ich doch war!"

„Laßt uns von hier verschwinden", mahnte Rostbraun. Der Anblick des toten Fuchses jagte ihm Angst ein. Er war sich bewußt, wie leicht er hier hätte liegen können.

„Ja – es ist ein schrecklicher Ort", antwortete der Fuchs.

„Wir müssen auf den Dachs warten", sagte seine Gefährtin rasch, als die anderen loslaufen wollten.

Fragend sahen sie die Füchsin an. „Er – er dachte, er könnte helfen", erklärte sie. Es war nicht nötig, das jetzt genauer auszuführen.

„Also deshalb wollte er eine Wegbeschreibung von mir", bemerkte Tempo. „Der gute alte Dachs – aber das ist nicht *sein* Kampf."

„Doch, es ist sein Kampf!“ widersprach der Fuchs zu Tempos Überraschung. „Jeder meiner Kämpfe war auch immer der seine. Das wird er dir bald bestätigen.“

Völlig außer Atem traf der Dachs schließlich ein. Sein Blick fiel auf das junge Tier, das er hatte retten wollen. „Jetzt ist sie endgültig zu weit gegangen!“ brummte er.

„Was sollen wir nur tun, Dachs?“ jammerte der Friedfertige.

„Wir werden kämpfen!“ war die Antwort des alten Tieres. Mit einemmal hörte sich seine Stimme nicht mehr kurzatmig an. Sie klang lebhaft, entschieden und jünger.

„Das habe ich ja versucht“, antwortete der Friedfertige. „Aber sieh, was ich damit erreicht habe.“

„Du hättest nicht auf eigene Faust handeln sollen“, tadelte ihn der Dachs. „Es gibt andere, die klüger und erfahrener sind als du. Mit denen hättest du dich beraten müssen.“ Namen nannte er keine.

Der alte Fuchs ergriff das Wort. Es kam selten vor, daß ihn der Dachs in den Schatten stellte, und er bewunderte dessen Entschlossenheit. „Nun, alter Freund“, sagte er. „Es ist nicht das erste Mal, daß wir einer Gefahr ausgesetzt sind. Wo fangen wir an?“

Der Füchsin gefiel die Richtung, die das Gespräch nahm, gar nicht. Sie sah die Sache als hoffnungslos an. „Was wollt ihr denn machen?!“ rief sie. „Wie könnt ihr einen Feind bekämpfen, den ihr nicht seht und über den ihr nichts wißt? Keiner von uns, ob allein oder gemeinsam mit anderen, hat eine Chance gegen diese Bestie.“

„Sollen wir also darauf warten, daß wir einer nach dem anderen erledigt werden?“ fragte der Fuchs. „Willst du das?“

„Nein, natürlich nicht“, sagte die Füchsin. „Aber ich will auch keine weiteren Toten.“

„Das ist aber unvermeidlich", erklärte ihr Gefährte. „Es wird weiterhin welche geben, solange diese Gefahr nicht aus der Welt geschafft ist."

„Oh, hast du deine Meinung geändert?" rief sie. „Bisher sagtest du doch, wir sollten uns heraushalten..."

„Ja, ich denke jetzt anders", bekannte der Fuchs kühl. „Dieser traurige Anblick hat das bewirkt."

Die Füchsin kannte ihren Gefährten. Sein Entschluß war gefaßt. Jetzt würden die Schwierigkeiten kein Ende mehr nehmen, fürchtete sie. So klammerte sie sich an den einzigen Hoffnungsschimmer: die menschliche Intelligenz. Irgendwie würde es dem Wildhüter gelingen, die große Katze zu finden, bevor sie es taten.

Die Tiere verließen das Wäldchen. Der Fuchs machte schon Pläne. Er würde alle Hilfe und Unterstützung brauchen, die er zusammentrommeln konnte – nicht nur von der alten Gemeinschaft aus dem Farthing-Wald, sondern auch von all ihren Nachkommen; von sämtlichen Vögeln, die bereit waren, den Park bei Tag und Nacht zu durchkämmen, und von den größeren Säugetieren im Park – er brauchte jeden einzelnen, der mitmachen konnte. Aber am dringlichsten war es, die Katze zu finden und zu beobachten, andernfalls konnte es zu einem Massaker kommen. Er wünschte sich sehnlichst, er hätte die starken Hirsche zur Seite. Wenn die Hirschböcke neue Geweihe hatten, waren sie gefährliche Gegner. Doch auf sie konnte er nicht zählen. Sie waren ja in einem kleinen Gehege am Ende des Parks eingeschlossen – der fruchtlose Versuch zu verhindern, daß die Bestie weiteren Schaden anrichtete.

Inzwischen waren sie in ihrem Revier angelangt. „Sagt den anderen Bescheid", befahl der Fuchs. „In dieser Sache müssen alle Bewohner des Parks zusammenhalten. Ich will, daß mir auch der kleinste Hinweis gemeldet wird.

Pfeifer und der Waldkauz müssen mit den Vögeln reden. Wir werden uns morgen bei Abenddämmerung im Tiefen Grund treffen. Wir alle. Das schließt auch die Füchsinnen ein. Jedes Tier wird gebraucht. Wir *müssen* dafür sorgen, daß alle, vom Größten bis zum Kleinsten, mitmachen. Die Risiken kennen wir, doch ist es vorzuziehen, Risiken einzugehen, als sich zu unterwerfen. Und das tun wir im Augenblick."

Der Fuchs war wieder ganz der alte. Wie der Dachs schien er die Jahre plötzlich abgeworfen zu haben. Noch einmal war er ein Anführer. Die jüngeren Füchse staunten und rannten, ohne weitere Fragen zu stellen, los, um ihre Aufträge auszuführen. Der Fuchs wartete, bis der Waldkauz auftauchte, und erklärte ihm, was er von ihm wollte. Der Waldkauz erkannte die Dringlichkeit in der Stimme des Fuchses und den befehlenden Ton. Da er vor dem Fuchs mehr Respekt hatte als vor jedem anderen, beugte er sich seiner Autorität. Nun bemerkte er den Dachs, der ihnen zusah, und es tat ihm leid, daß sie sich gestritten hatten.

„Oh – äh – Dachs", rief er. „Weißt du, ich wollte nicht – tja – den Eindruck erwecken – äh – daß du –"

„Ist schon in Ordnung, Kauz", rief der Dachs zu ihm hoch. „Vergiß es. Gelegentlich sagen wir alle mal Dinge, die wir nicht so meinen."

„Danke, Dachs", sagte der Waldkauz auf ungewöhnlich demütige Weise. „Sind wir also immer noch Freunde?"

„Waren wir denn jemals etwas anderes, Kauz?" fragte der Dachs.

Der Kauz stieß einen Freudenschrei aus und flog davon.

Bei Abenddämmerung des nächsten Tages versammelten sich die Tiere aus dem Farthing-Wald mit all ihren Nachkommen. Feder, Stämmigs Mutter, wußte vom Tod ihres Sohnes. Sie stand ganz vorn. Auch die anderen Füchsinnen – darunter die Schöne und die Braune, die Gefährtin des Friedfertigen, waren da. Der Fuchs erklärte, sämtliche Parkbewohner müßten alarmiert werden. Mit vereinten Kräften würde es ihnen gelingen, den Unbekannten aus ihrer Heimat zu vertreiben. Es tröstete Feder ein wenig, daß etwas unternommen werden sollte. Sie bestand darauf, eine führende Rolle zu übernehmen, wenn nun ihr Sohn gerächt werden sollte.

Im Lauf der folgenden Tage und Nächte erfuhren die Parkbewohner, daß sie alle an einer gemeinsamen Aktion teilnehmen sollten, um in ihrem Lebensraum die Sicherheit wiederherzustellen. Trotz der alltäglichen Differenzen, die sich aus den Naturgesetzen ergaben, begriffen sie, daß sie in dieser Angelegenheit zusammenhalten mußten. Alle wußten sie von der Existenz des Unbekannten, und alle fürchteten sie ihn. Alle hatten das Gefühl gehabt, etwas unternehmen zu müssen, nur hatte ihnen ein Anführer gefehlt. Jetzt hatten sie einen – den Fuchs. Sie waren glücklich und erleichtert, endlich etwas Nützliches tun zu können. So hielten im ganzen Park die Tiere Ausschau nach der Katze und warteten – manche bei Tag, manche bei Nacht –, daß sie sich rührte.

Jede Nacht stand der Wildhüter oder ein anderer Mann am Hirschgehege Wache. Sie wurden, ohne es zu wissen, zu Verbündeten der Tiere. Eine Weile geschah nichts. Es gab keine neue Opfer. Das hatte niemand erwartet. War die Bestie freiwillig verschwunden? Oder versuchte sie wieder, sie in falscher Sicherheit zu wiegen?

Die beiden noch frei im Park herumstreifenden Hirsche wußten sehr wohl, wie wehrlos sie waren. Nie verweilten sie längere Zeit an der gleichen Stelle, immer waren sie in

Bewegung und durchstreiften den ganzen Park. Einen von ihnen entdeckte eines Nachts ein Wächter in der Nähe des Geheges, und mit Hilfe eines Stocks überredete er ihn, sich zu seinen Artgenossen zu gesellen. Dann wurde das Tor fest hinter ihm verschlossen.

Die Hirsche waren nicht glücklich über ihre Gefangenschaft. Tagsüber wurden sie nicht bewacht, und sie hatten keine Möglichkeit zu fliehen, sollte ihr Angreifer auftauchen. Sie fürchteten, die Katze könnte über den Zaun springen und über sie herfallen, falls ihr der Sinn danach stand. Sie fühlten sich nicht sicher und vertrauten auch nicht darauf, daß die Menschen in der Lage sein würden, sie zu beschützen. Sie hätten es vorgezogen, sich auf ihre eigene Wachsamkeit und Schnelligkeit zu verlassen, um der Gefahr zu entkommen. Doch schon bald stellte sich heraus, daß die Katze es nicht auf sie, sondern auf den einen Hirsch, der sich noch frei im Park bewegte, abgesehen hatte.

Irgendwie war es der Katze gelungen, unentdeckt zu bleiben. Sie konnte ja auch jederzeit den Park verlassen und zurückkehren, wann immer sie wollte. Keines der Tiere wußte, wo sie sich gerade aufhielt. Sie hinterließ nie auch nur den kleinsten Hinweis. Doch dann lauerte sie der Hirschkuh auf, als diese gerade am Bach trank. Die Bestie war hungrig und fraß sich satt. Den Rest ihres Opfers ließ sie gut versteckt im dichten Ufergestrüpp zurück. Es gab keine Zeugen, aber ein Teichhuhn, das im Schilf planschte, fand den Kadaver. Es dauerte nicht lange, bis Pfeifer davon hörte, und nach und nach erfuhren alle Parkbewohner, daß die Bestie erneut zugeschlagen hatte. Wieder gingen sie auf die Suche und hielten Augen und Ohren offen nach irgendwelchen Anhaltspunkten.

Dem Wildhüter war inzwischen klar geworden, daß

seine List keinen Erfolg hatte. Das Raubtier war zu schlau, in die Nähe des Geheges zu kommen, und die Hirsche wurden immer unruhiger und fraßen kaum noch. So riß er den Zaun nieder, und die nächtlichen Rundgänge wurden eingestellt. Die Hirsche streiften wieder frei umher und genossen es. Dem Wildhüter blieb nichts anderes übrig, als bei Tag seine Runden zu drehen. Nach und nach gelangte er zu der Überzeugung, daß die Gefahr vorüber war. Der Fuchs und seine Bundesgenossen wußten es besser.

„Diese Bestie hat wieder gesiegt“, beklagte er sich bei der Füchsin. „Wie schafft sie das nur?“

„Sie ist uns überlegen“, antwortete seine Gefährtin, „in jeder Hinsicht. Sie ist gerissener als wir, und sie ist ein besserer Jäger. Stämmig hat sie ‚Heimlichtuer‘ genannt, und dieser Name trifft es genau. Wir sind der Bestie auch nicht annähernd gewachsen.“

„Dabei halten wir alle – jedes Tier im ganzen Park – Ausschau nach ihr! Und auch die Menschen haben keinen Erfolg. Wo mag sie sich herumtreiben?“

Jetzt, da das Hirschrudel wieder für ein uneingeschränktes Nahrungsangebot sorgte, brauchte die Katze nicht an die Stelle zurückzukehren, wo noch die Reste ihrer letzten Beute lagen. Somit wachten die Tiere dort vergebens. Aber schließlich erhielten sie doch noch eine Art Fingerzeig – von einer Seite, mit der niemand rechnete.

Die Kreuzotter hatte das erstaunliche Schlangenmännchen nicht wieder getroffen. Sie glaubte, bei ihrer ersten Begegnung keinen sehr guten Eindruck gemacht zu haben, und das wollte sie richtigstellen. Irgendwie schien sie dem Männchen unterlegen zu sein, und das wurmte sie. Während die Tage verstrichen, dachte sie nicht mehr oft an ihren Artgenossen, aber wenn sie es tat, dann immer noch mit einer gewissen Faszination.

Inzwischen war es wärmer geworden. Die Bäume hatten wieder Blätter, und überall sah man frisches Grün. Die Kreuzotter hatte einige Lieblingsplätze für ihre Sonnenbäder, und eines davon lag nicht weit vom Bach entfernt am Hang, gut zwischen Farnwedeln verborgen. Das Bett aus braunen, trockenen Farnen vom Vorjahr war warm, und dort, inmitten der rasch wachsenden neuen Schößlinge, ruhte sich die Kreuzotter vor allem nach dem Fressen gerne aus. Sie war der Meinung, dieses Plätzchen gehöre nur ihr allein. Aber eines Tages, nachdem sie eine Wühlmaus verschlungen hatte und sehr schläfrig war, schlängelte sie sich dort hin, nur um festzustellen, daß es schon besetzt war. Das mißfiel ihr. „Wie lange kommst du schon hierher?" fragte sie das Kreuzottermännchen mürrisch.

Das Männchen starrte sie nach Schlangenart an, ohne zu blinzeln, und züngelte, um den Geruch seines Gegenübers zu erforschen. „Oh, die Narbige", sagte es. „Aber nein", fügte es dann hinzu. „Irre ich mich, oder sind die Wunden verheilt?"

„Natürlich sind sie verheilt. Es waren doch nur Kratzer", zischte die Kreuzotter. „Doch du hast meine Frage nicht beantwortet."

„Seit wann ich hierher komme? Noch nicht sehr lange. Ich habe das Plätzchen durch Zufall entdeckt."

„Ach ja? Darf ich dich darauf aufmerksam machen, daß ich mich hier schon lange sonne, ohne daß mich je einer gestört hat, seit –"

„Ich werde dich nicht stören", unterbrach das Männchen. „Hier ist genug Platz für uns beide."

„Ich mag die Einsamkeit", erklärte die Kreuzotter, doch im selben Augenblick fragte sie sich, warum sie das gesagt hatte. Trotzdem fügte sie hinzu: „Und ich war als erster hier."

„Du drückst dich klar aus", entgegnete der andere trokken. „Ich verstehe. Na gut, im Park gibt es noch weitere gemütliche Plätze." Er entrollte sich und begann fortzugleiten. Doch bevor er verschwand, sagte er noch: „Vielleicht interessiert es dich, du Einsamkeitsfanatiker, daß das hier nicht gerade der sicherste Ort für dich ist."

Die Kreuzotter hielt ihn auf. „Was meinst du damit?" lispelte sie.

„Nun, nach deinem ersten Zusammenstoß mit ihr, wirst du wohl kaum einen zweiten riskieren wollen."

„Sprichst du von der Katze?"

„Natürlich. Ich weiß, daß sie sich manchmal in einem großen Loch an der Uferböschung versteckt. Das Loch liegt gut verborgen, und kaum einer kennt es. Wer weiß, vielleicht ist sie jetzt gerade dort?"

„Woher weißt du das?" erkundigte sich die Kreuzotter. Alle Parkbewohner standen doch vor einem Rätsel, weil sie den Unbekannten nie zu Gesicht bekamen.

„Durch Zufall", antwortete das Männchen. „Man kann das Loch nur vom Bach aus sehen, und ich war gerade auf der Jagd nach einem Frosch."

„Warum hast du denn niemandem etwas gesagt?" wollte die Kreuzotter wissen. „Ich nehme an, du weißt von dem allgemeinen Alarm?"

„Ich habe es doch gerade jemandem erzählt, oder nicht?" entgegnete das Männchen entwaffnend. „Weil ich mir dachte, du solltest Bescheid wissen."

Kaum hatte es ausgesprochen, verschwand es. Die Kreuzotter blieb zurück, um in ihrer Einsamkeit zu grübeln. Sollte sie froh sein, daß ihr Artgenosse sich verabschiedet hatte? Sie fühlte sich seltsam ruhelos. Selbstzweifel hatten sie bisher noch nie gequält.

11
Einigkeit

An diesem Tag nahm die Kreuzotter kein Sonnenbad. Obwohl ihr die Kälte der Nacht noch in den Knochen steckte, machte sie sich auf den Weg zum Bach, ohne jedoch die Warnung des Kreuzottermännchens zu vergessen. Sie wollte das Loch in der Böschung in Augenschein nehmen. Im Wasser angelangt, fühlte sie sich sicher. Sie schwamm flußabwärts am Ufer entlang und hielt nach den am dichtesten bewachsenen Stellen Ausschau. Da sie kein Loch finden konnte, das groß genug war für die Katze, durchquerte sie den Bach und schwamm in der Gegenrichtung zurück. Ihre Körpertemperatur sank immer weiter, und ihre Bewegungen verlangsamten sich. Bald würde sie den Bach verlassen und sich aufwärmen müssen. Dann entdeckte sie es – ein dunkles Loch in der Uferböschung, fast ganz hinter Schilf verborgen. Sie sah sofort, daß in der tiefen Höhle ohne weiteres eine ganze Reihe von Tieren Platz finden würde. Die Kreuzotter schwamm vorbei. Sie war nicht so verrückt, sich noch weiter zu nähern. In der Dunkelheit der Höhle könnte sich jedes Tier versteckt halten.

In sicherer Entfernung glitt sie aus dem Wasser und die Böschung empor. Sie war ganz steif vor Kälte und ließ sich nur etwa einen Meter vom Wasser von der Sonne aufwärmen. Nachdem sie genug Energie getankt hatte, schlängelte sie sich eilends davon, um den anderen zu berichten, was sie gesehen hatte. Sie hoffte, als ersten Pfeifer zu finden, denn er würde die Nachricht schneller verbreiten können.

Schon bald stieß sie auf den Reiher, erzählte ihm von dem Loch und erklärte ihm, was es damit auf sich hatte. Von dem Kreuzottermännchen sagte sie nichts, sondern erwähnte nur, daß sie den Hinweis von einem „anderen Tier“ erhalten hätte. Pfeifer schien das Loch noch nie bemerkt zu haben.

„Ich schaue immer direkt nach unten ins Wasser, verstehst du – also in die falsche Richtung.“

„Ja“, meinte die Schlange. „Es liegt auch so versteckt, daß man es nur sehen kann, wenn man schwimmt.“

„Nun, zumindest haben wir jetzt einen Anhaltspunkt. Ich sage dem Fuchs Bescheid.“

Die Kreuzotter richtete sich darauf ein zu warten, während der große Vogel seine Schwingen ausbreitete.

Der Fuchs nahm die Neuigkeit mit grimmiger Genugtuung auf. „Gut“, sagte er. „Jetzt trommeln wir möglichst viele zusammen, dann können wir uns in die Höhle des Löwen wagen.“

Wieder war es die Füchsin, die zur Vorsicht mahnte. „Ich wollte, wir könnten es den Menschen überlassen", seufzte sie. „Früher oder später bringt die Katze den nächsten Hirsch um, und dann kämmen sie den Park nach ihr durch."

„Darauf können wir uns nicht verlassen", antwortete der Fuchs. „Außerdem ist es fast sicher, daß sie ihnen wieder entkommen würde. Und zudem wissen wir etwas, was die Menschen nicht wissen: Wir kennen ihr Schlupfloch!"

„Nach dem, was mir die Kreuzotter erzählte, scheint sie es nur dann und wann zu benutzen", gab Pfeifer zu bedenken.

„Das genügt uns", antwortete der Fuchs gelassen. „Irgendwann werden wir sie dort erwischen." Dann wandte er sich wieder der Füchsin zu. Aus seinen Worten sprach all die Zuneigung, die er schon immer für sie verspürt hatte. „Du warst mir eine wunderbare Gefährtin – kein Fuchs hätte sich eine bessere wünschen können. Ich habe immer auf deine Ratschläge gehört. Aber wir haben uns stets um die Mitglieder unserer Gemeinschaft gekümmert, und unser Alter ändert nichts an unseren Verpflichtungen. Stämmigs Tod zwingt uns, etwas zu unternehmen, während wir uns bisher abseits halten konnten. Ich habe an den Kühnen denken müssen. Weißt du noch, wie er sich aufgeopfert hat, um sicherzustellen, daß seine Nachkommen, Stämmig und die anderen, hier zur Welt kommen konnten – an einem Ort, den er für eine Zufluchtsstätte hielt? Ich meine, wir sind seiner Erinnerung etwas schuldig."

Die Füchsin bekam einen weichen Blick, als sie ihn ansah, und für einen Augenblick verloren sich die beiden in ihrer eigenen Welt. Pfeifer stakste auf seinen langen dünnen Beinen verlegen ein Stück beiseite. Zwischen den beiden Füchsen fiel kein Wort mehr, aber die Füchsin hatte ihre Antwort gegeben.

Es dauerte eine Weile, bis sich die Tiere versammelt hatten, da jedes einzelne über die Entdeckung informiert werden mußte.

Bis zum Abend hatten sich jedoch schon viele vor dem Fuchsbau eingefunden, und ständig trafen weitere ein. Tiere aller Arten und Gattungen kamen da zusammen – Füchse, Dachse, Hermeline, Hasen, Kaninchen, Eichhörnchen, Igel, Wiesel, sogar Mäuse und Frösche. In den nahen Bäumen hockten Eulen, Krähen, Elstern, Drosseln, Eichelhäher, Amseln, Stare und Sperlinge. Die Tiere aus dem Farthing-Wald und ihre Verwandtschaft standen in einer eigenen Gruppe. Von ihnen waren alle gekommen, sogar die allerkleinsten – die Kröte und Moosweich. Obgleich keines der anwesenden Tiere es gewagt hätte, auf eigene Faust etwas zu unternehmen, fühlten sie sich in der Gruppe offenbar sicher. Nur die Hirsche waren ferngeblieben. Sie waren davon überzeugt, daß sie die eigentlichen Opfer der Katze waren. Sie glaubten sich am besten schützen zu können, indem sie zusammenblieben. Alles andere hielten sie für sinnlos.

Im Lauf der Nacht kamen noch weitere Tiere an. Der Fuchs wollte bis zum Morgengrauen warten. Er wußte, daß die Katze vor allem bei Nacht jagte. Man würde sie am ehesten tagsüber überraschen können, da sie dann vermutlich ruhte. So nutzten viele der versammelten Tiere die Dunkelheit, um zu schlafen.

Beim ersten Morgenlicht war der Fuchs zum Aufbruch bereit. Mit der Füchsin an seiner Seite und an der Spitze seiner ganzen Verwandtschaft machte er sich auf den Weg zum Bach. Ihnen folgten der Dachs, das Wiesel und Junghas, und dahinter kamen die anderen Tiere, angeführt von den größten unter ihnen. Über ihren Köpfen flatterten die Vögel, allen voran Pfeifer.

Die ersten Tiere, die die Kreuzotter sah, waren der Reiher und der Waldkauz, gefolgt von einer Schar Vögel.

„Es geht los", rief Pfeifer der Schlange zu. „So eine Versammlung hast du noch nie gesehen."

Die Kreuzotter schwieg. Sie wartete auf den Fuchs. Als sie ihn näher kommen sah, glitt sie ihm entgegen. Es war immer noch früh am Morgen.

„Du hast einen guten Zeitpunkt gewählt", bemerkte sie. „Vor wenigen Minuten habe ich die Katze bachabwärts trinken sehen."

„Wie weit von hier?" Der Fuchs fiel der Schlange fast ins Wort.

„Oh, ganz in der Nähe. Ungefähr auf der Höhe des Lochs in der Böschung."

„Dann geht es also los", murmelte der Fuchs.

Die Tiere flogen, krochen, hüpften und liefen weiter. Selbst die ängstlichsten unter ihnen fühlten sich in der Gesellschaft der wilderen Tiere sicher, was ihrem normalen Verhalten gar nicht entsprach. Aber sie wußten, daß alle nur ein einziges Ziel im Sinn hatten.

Die Kreuzotter zeigte den Anführern den Weg, soweit sie sich traute. Dann deutete sie auf das Pflanzendickicht, das den Eingang zu der Höhle verbarg. Er war wirklich kaum zu entdecken. Der Fuchs kletterte die Böschung hinunter und ging vorsichtig ins Wasser. Er paddelte nur so weit vom Ufer weg, bis er das Loch sehen konnte. In der Höhle bewegte sich nichts, kein Laut war zu hören. Der Fuchs kehrte zum Ufer zurück.

„Wir müssen davon ausgehen, daß unser Freund da ist", sagte er, „aber einen Beweis haben wir nicht."

Die Tiere bestürmten ihn nun mit Fragen. Hatte er vor

hineinzugehen? Wollte er warten, bis die Bestie herauskam? Was sollten *sie* in der Zwischenzeit tun?

„Im Augenblick können wir gar nichts unternehmen", erklärte der Fuchs. „Wir müssen uns zunächst vergewissern, ob die Katze überhaupt da ist." Er dachte nach. Eines von den kleinsten Tieren, eines, das gut schwimmen konnte, müßte versuchen, so nahe wie möglich an die Höhle heranzukommen, ohne selbst gesehen zu werden. Aber wie konnte er fragen, ob sich jemand freiwillig meldete. Doch das war gar nicht nötig. Die Kröte trat von sich aus nach vorn.

„Ich werde herausfinden, ob sie da drinnen ist", bot sie mutig an.

„Willst du das wirklich?" fragte der Fuchs. „Du müßtest ein Stück weit hineingehen, um sicher zu sein. Ich will dich nicht losschicken, wo es doch –"

„Mach dir keine Sorgen", unterbrach ihn die Kröte. Eigentlich hatte sie nur vorgehabt, nahe an die Höhle heranzuschwimmen, aber nun fürchtete sie, als feige zu gelten, wenn sie einen Rückzieher machte. „Du glaubst doch wohl nicht, daß die Bestie so einen winzigen unbekömmlichen Bissen wie mich beachtet." Sie bemühte sich, ihrer Stimme einen fröhlichen Klang zu geben.

„Vielleicht hast du recht", antwortete der Fuchs. „Aber ich fühle mich immer noch nicht sonderlich wohl dabei. Bitte, Kröte, sei so vorsichtig wie möglich!"

„Das werde ich", versprach sie, während sie ans Ufer ging. Dann stieß sie sich ein bißchen mit den Hinterbeinen ab und sprang in den Bach. Ihr kleiner Körper verursachte kaum eine Bewegung an der Wasseroberfläche. Sie schwamm mit ruckartigen Zügen bis zum Eingang der Höhle und kletterte an das schlammige Ufer. Zentimeter um Zentimeter kroch sie in das dunkle Loch. Von allen

Tieren war die Kröte vermutlich am besten für diese Aufgabe geeignet. Sie war klein und beweglich, verlor nicht so schnell die Nerven und bewegte sich von Natur aus bedächtig und leise.

Sobald sie den Bach verlassen hatte, entschwand sie den Blicken der Tiere. Alle verharrten mit angehaltenem Atem und waren ungewöhnlich still. Vor allem der Fuchs wartete sehnlichst darauf, daß die Kröte wieder auftauchen würde.

Die Zeit schleppte sich dahin: kein Lebenszeichen von der Kröte. Der Fuchs fürchtete schon das Schlimmste. Doch dann kam sie. Langsam schwamm sie gegen die Strömung an.

„Hat länger gedauert – als ich dachte“, sagte die Kröte, als sie etwas außer Atem ans Ufer kletterte. „Ich mußte – ziemlich weit hinein. Es war stockduster, und ich konnte kaum etwas sehen. Ich hörte, daß da einer atmete – tief und regelmäßig, wie es typisch ist für ein schlafendes Säugetier. Das machte mir Mut, und ich wagte mich näher. Als die Atemzüge lauter wurden, wußte ich, daß ich fast angelangt war. Da sah ich eine zusammengerollte Gestalt. Mehr konnte ich nicht erkennen – dafür war es zu dunkel. An diesem Punkt fragte ich mich, ob ich umkehren sollte, aber dann dachte ich mir, ich weiß ja noch gar nicht, was ich da überhaupt vor mir habe.“

Die Kröte machte eine Pause, um zu verschnaufen. Es gefiel ihr, im Mittelpunkt zu stehen, und das wollte sie auskosten. Sie fuhr fort: „Ich sagte mir, daß ich keine andere Möglichkeit hätte, als ganz nah an den Schläfer heranzugehen. Das tat ich also. Ich hüpfte um ihn herum, und das hat einige Zeit gedauert. Ich kann euch sagen, dieses Vieh ist riesengroß! Es hat ein seidiges Fell, genau wie eine Katze. Während ich es näher ins Auge faßte, streiften mich nämlich einige Haare. Inzwischen war ich mir fast sicher. Es gibt keine Tiere von dieser Größe hier im Park, abgesehen von den Hirschen, und ein Hirsch war es nicht. Also zog ich mich langsam und vorsichtig wieder zurück. Seine Atemzüge waren immer noch regelmäßig. Sonst war nichts zu hören. Daher glaube ich nicht, daß ich es aufgeweckt habe. Ich weiß nicht, was du jetzt vorhast, Fuchs, aber wir sollten bald etwas tun. Die Bestie ist da drinnen. Wir könnten ja den Eingang versperren, dann säße sie in der Falle!"

Die heldenhafte Tat der Kröte fand nicht die Beachtung, die sie verdient hätte. Man mußte schnellstens handeln. Aber so einfach, wie es sich die Kröte vorgestellt hatte, war es nicht.

„Wir können nicht alle im Wasser stehen oder schwimmen, bis die Bestie herauskommt. Nein, dieser Fluchtweg bleibt ihr. Dagegen können wir nichts machen."

„Und auf dem Ufer vor dem Eingang?" erkundigte sich die Kröte.

„Wie groß ist das Stück?"

„Groß genug, damit einige der größten Tiere, so wie du zum Beispiel, dort Posten beziehen könnten."

„Dann nützt es nichts", lehnte der Fuchs ab. „Wenn es nur wenige sind, schiebt sie die Bestie einfach beiseite."

„Was sollen wir dann tun?"

„Wir müssen herausfinden, ob es noch einen anderen Eingang gibt. Ich halte es für unwahrscheinlich, daß sie ihren Bau immer vom Wasser aus betritt."

Der Fuchs ging am Ufer entlang. Er wollte versuchen, in das Pflanzendickicht vorzudringen, um zu sehen, ob es auch vom Land aus einen Zugang gab. Die anderen Tiere beobachteten, wie er sich entfernte. Sie waren sehr angespannt, und die nervösesten unter ihnen konnten sich nicht länger beherrschen. Kaninchen und Mäuse begannen aufgeregt herumzuhüpfen und wünschten sich, sie wären nicht hergekommen. Der Unbekannte hätte nur aufzutauchen brauchen, und sie wären Hals über Kopf davongestürmt.

Der Fuchs hatte sich selbst die schwierigste Aufgabe zugedacht. Er wollte den Schläfer auf keinen Fall wecken. Doch war es ihm unmöglich, sich geräuschlos zwischen den dicht stehenden Pflanzen durchzuzwängen. Suchend stieß er mit der Schnauze hierhin und dorthin, und nach jedem Rascheln verharrte er. Schließlich gelang es ihm, sich bis in die Mitte des Dickichts vorzuarbeiten. Falls es tatsächlich einen weiteren Eingang gab, war es durchaus möglich, daß er der Bestie plötzlich von Angesicht zu Angesicht gegenüberstehen würde. Seine Angst ließ ihn jedes kleine Geräusch, das er verursachte, doppelt so laut wahrnehmen. Doch er fand nichts, obwohl er sehr gründlich suchte.

Gerade als der Fuchs umkehren wollte, wurden Stimmen laut. Es mußte etwas geschehen sein. Am deutlichsten vernahm er die Füchsin. Sie rief nach ihm. Hastig kroch er durch das Gestrüpp. Er hegte schon die schlimmsten Befürchtungen, aber was er dann sah, kam so unerwartet, daß er erstarrte. Alle Tiere, sogar die Füchse, waren zurückgewichen. Von ihrer Zuversicht war nichts mehr zu spüren. Einige Kaninchen waren bereits davongerannt. Aus sicherer Entfernung versuchten sie die Situation einzuschätzen. Die kleinsten Tiere, Mäuse und Frösche, waren ganz verschwunden. – Und dort unten am Wasser saß ruhig die Katze und musterte sie alle mit gelangweilter Miene. Als der Fuchs vorbeiging, reckte sie gerade genüßlich ihre Glieder und begann dann, sich zu putzen. Den

Tieren schenkte sie weniger Beachtung als einem Mückenschwarm.

Der Fuchs trat zu seiner Gefährtin an die Spitze der Versammlung. Dann blickte er zu der Katze zurück. Ein herrliches Tier. Sie hatte ein schimmerndes goldbraunes Fell mit dunklen Flecken, lange Beine, einen kleinen, gedrungenen Kopf mit abgerundeten Ohren und einen langen, dicken, gestreiften Schwanz mit stumpfem Ende. Selbst beim Putzen wirkte das Tier noch elegant und kraftvoll. Sie war sich ihrer Überlegenheit bewußt und warf ihrem Publikum einen verächtlichen Blick zu. Die bunte Schar ihrer Zuschauer war überwältigt. Solch ein Tier hatte noch keiner der Parkbewohner gesehen. Sie waren von seiner Größe, seiner majestätischen Unbefangenheit und Kraft beeindruckt, und mit erschreckender Deutlichkeit erkannten sie ihre eigene Ohnmacht. Dennoch liefen sie nicht davon. Seine Schönheit hielt sie gefangen. Für die Tiere verkörperte die Katze ein vollendetes Wesen – ein Wesen, das aus einer fremden Welt stammte, die sie nicht kannten.

Keinem der gewöhnlichen Tiere gelang es, den Zauber zu durchbrechen. Das blieb der großen Katze selbst vorbehalten. Als sie befand, ihr Fell sei nun sauber, beugte sie den Kopf, um ein wenig Wasser zu schlürfen. Dann, mit einem letzten Blick in ihre Richtung, in dem gleichsam eine Herausforderung lag, sprang sie in den Bach, daß es nach allen Seiten spritzte. Wenige Augenblicke später war sie am anderen Ufer angelangt und mit einigen mühelosen Sätzen verschwunden.

Der Zauber war gebrochen, und nun schrien alle durcheinander. Erst jetzt fiel ihnen wieder ein, wozu sie eigentlich hergekommen waren.

Feder sagte zum Fuchs: „Diese Bestie ist riesig – ich

glaube, sie ist ebenso groß wie die Dogge, mit der der Kühne und ich befreundet waren. Aber diese Katze ist kein Freund. Sie ist ein Feind, und zwar einer, gegen den wir gar nichts ausrichten können."

12

In Bann geschlagen

Nicht lange danach verschwanden die kleineren und schwächeren Tiere. Sie warteten nicht einmal, bis ihnen ihr Anführer, der Fuchs, neue Anweisungen gab – er konnte ohnehin nichts tun. Sie wollten nur noch eins: sich aus ihrer unnatürlichen, ungeschützten Lage befreien. Immerhin waren sie ja von Raubtieren umgeben.

Die größeren Tiere und die Jäger beklagten sich. Sie seien doch gekommen, um etwas zu unternehmen, und nun hätten sie die Gelegenheit verpaßt. Jetzt, da die Katze nicht mehr in der Nähe war, konnten sie mutig sein.

Die Vögel flogen davon. Ihr ohnehin beschränktes Interesse an der Unternehmung war längst verpufft. Nur der Waldkauz folgte der Katze, so weit er konnte.

Der Fuchs schwieg. Sein Plan war fehlgeschlagen, war vermutlich von Anfang an zum Scheitern verurteilt gewesen. Doch er hatte das Gefühl gehabt, er *müsse* etwas unternehmen. Die Parkbewohner würden jetzt sicher seine Rolle als Anführer bestreiten. Er war ebenso unfähig wie sie, mit der Katze fertig zu werden.

Die Füchsin beobachtete ihn. Sie ahnte, was in ihm vorging. „Zumindest hast du's versucht", murmelte sie.

„Versucht!" knurrte er. „Die Bestie hat uns allen ihre Verachtung gezeigt. Sie hat alle Parkbewohner in ihren Bann geschlagen."

Die Füchsin wollte ihn trösten. „Wir dürfen nicht vergessen, wie geschickt die Menschen sind", erinnerte sie ihn. „Es besteht immer noch die Möglichkeit, daß sie der Wildhüter doch noch erwischt.

„Vielleicht", sagte der Fuchs verdrießlich. „Jedenfalls ist das jetzt unsere einzige Hoffnung."

Eines nach dem anderen verschwanden auch die größeren Tiere. Die meisten waren erleichtert, daß es nicht zu einem Kampf gekommen war. Im übrigen sahen sie ihre Lage nicht allzu schwarz. Jetzt, wo das Hirschrudel wieder frei herumlief, gab es für die Bestie verlockendere Beute. Am Ende blieben nur die Gefährten aus dem Farthing-Wald zurück.

„Hast du eigentlich einen zweiten Zugang zu der Höhle gefunden, Fuchs?" erkundigte sich die Kröte.

„Nein. Aber es kann überall im Park noch weitere Fluchtlöcher geben. Nur – was würde das schon ändern?" Der Fuchs klang bitter.

„Sie – sie hat uns regelrecht hypnotisiert", stammelte Moosweich. Seine Augen waren so schlecht, daß er die Katze zwar selbst nicht gesehen hatte, doch die Reaktion der anderen Tiere hatte er wohl verstanden.

Der Dachs nickte. „Auch ich ertappte mich dabei, wie ich dieses Geschöpf bewunderte. So lange, wie ich nun schon lebe, habe ich etwas Derartiges noch nie gesehen."

Die Füchsinnen hatten es eilig, wieder in ihren Bau zurückzukehren. Nur der Aufruf zur Solidarität hatte sie bewegt, ihre Jungen allein zu lassen. So schmolz die Gruppe immer mehr zusammen. Voll Verzweiflung starrten die wenigen noch verbliebenen Tiere über das Wasser auf die Stelle, an der die Katze verschwunden war.

„Es bringt wohl nichts, wenn wir hierbleiben", sagte die Kreuzotter gedehnt. „Ich werde gehen."

Keiner versuchte sie zurückzuhalten. Moosweich war überglücklich, sie von hinten zu sehen. Er war nicht sicher, ob sie bei dem Spielchen, ihn einfach nur Maulwurf zu nennen, mitmachen würde. Nur die Kröte rief ihr ein Lebewohl hinterher.

„Ich nehme an, daß auch der Waldkauz nicht viel erreicht hat", bemerkte das Wiesel. Aber da irrte es sich.

Auf der anderen Seite des Baches lag ein Stück freies Gelände, wo der Waldkauz die Katze ganz gut im Auge behalten konnte, obwohl er langsamer war als sie. Schnell, mit großen Sätzen, rannte sie auf ihren langen Beinen davon. Der Kauz sah, daß sie auf die Begrenzung des Parks zuhielt. Überraschenderweise genau dorthin, wo jenseits des Zauns eine Straße zu menschlichen Behausungen führte. Die Katze verschwand zwischen den ersten Baumreihen. Unverdrossen flog der Waldkauz hinterher.

Außerhalb des Zauns verlief ein Graben, über den vom Park her Haselnußsträucher und junge Bäume hingen. An dieser Stelle hatten Tiere unter dem Zaun die Erde weggescharrt und so eine Öffnung geschaffen. Die kannte auch die Katze. Sie langte am Zaun an, machte sich ganz flach, kroch darunter hindurch und sprang in den Graben. Er diente zur Entwässerung, war aber seit dem letzten Sommer nicht mehr gereinigt worden. Altes Laub und Zweige von den überhängenden Ästen hatten sich darin angesammelt. Am Grund des Grabens kauerte sich die Katze nieder. Das Sonnenlicht schien unregelmäßig zwischen den Bäumen hindurch und sprenkelte den Boden ringsum. Die Zeichnung der Katze verschmolz perfekt mit der Umgebung. Von der Straße aus war sie nicht zu sehen. Kein menschlicher Spaziergänger hätte das große Tier im Graben bemerkt. Die Katze achtete darauf, daß auch ihr Kopf unsichtbar blieb. Sie hatte entdeckt, wie gut sich diese Stelle eignete, Beutetieren aufzulauern, die sich zwischen den Bäumen aufhielten. Hier hatte sie schon Eichhörnchen und Kaninchen geschnappt, und einmal war abends ein Hirsch fast in Reichweite gekommen. Von hier aus konnte sie ebenso die Straße überblicken, und sie war nicht abgeneigt, auch einmal einen streunenden Hund zu erbeuten.

Der Waldkauz erreichte den Parkrand ungefähr eine Minute, nachdem sich die Katze versteckt hatte. Nun flog er am Zaun entlang und hielt Ausschau nach dem gelbbraunen Fell. Er setzte sich auf einen Ast, von dem aus er den Graben überblicken konnte, aber die Bestie war so gut getarnt, daß er sie lange nicht entdecken konnte. Dann bemerkte er eine winzige Bewegung. Er fixierte die Stelle lange und angestrengt. Nichts rührte sich. Hatte er es sich nur eingebildet? Nein, da bewegte sich wieder etwas. Es war nur ein Zucken des Rückenfells. Eine Mücke oder eine Spinne mußte es gereizt haben. Jetzt konnte der Waldkauz den langen kräftigen Körper erkennen. Was machte die Bestie da im Graben? Ganz sicher wußte sie nicht, daß sie beobachtet wurde. Der Waldkauz faßte den Entschluß, sich noch weiter zu nähern.

Er sah sich um und wählte einen jungen Ahornbaum, der genau am Rand des Grabens stand, flog hinüber und ließ sich darauf nieder. Es war nicht gerade eine gelungene Landung. Das Bäumchen bog sich unter seinem Gewicht, und der Waldkauz suchte nach einem festeren Halt. Die Ahornblätter bebten und raschelten. Sofort drehte sich die Katze um und sah den Waldkauz geradewegs an. Wütend, weil sie entdeckt worden war, zog sie die Lippen zu einem lautlosen Knurren zurück. Diesmal floh der Waldkauz nicht – saß er doch in sicherer Entfernung –, sondern blickte die Bestie unverwandt an. Sie erwiderte seinen Blick, und schließlich war es der Waldkauz, der seine Augen abwandte. Aber ihre Anziehungskraft war so stark, daß er fast gegen seinen Willen die Katze wieder anschauen mußte. Die Bestie öffnete das Maul.

„Interessierst du dich für mich?" Die Stimme war eine eigentümliche Mischung aus einem Brüllen und einem Jaulen. Sie war sehr kräftig – und furchteinflößend. Aber obwohl die Katze laut und langsam sprach, fiel es dem Waldkauz schwer, sie zu verstehen; teils, weil ihm die Stimme Angst einjagte, teils, weil sie so unerwartet gekommen war. Solche Laute hatte er noch nie von einem Tier gehört. Fast wäre er von seinem Baum gefallen, doch rasch griff er wieder fester zu.

„Ich – ich fürchte – ich habe – äh – dich nicht verstanden." Der Waldkauz konnte seine Nervosität nicht verbergen.

Die Katze wiederholte ungeduldig: „Du hast mich verfolgt. Ich interessiere dich wohl sehr."

Der Waldkauz lauschte angestrengt. Diesmal erfaßte er zumindest sinngemäß, was sie sagte.

„Natürlich interessierst du mich", entgegnete er, „uns alle." Er war stolz auf seine Rolle als Sprecher der Parkbewohner. „Ja, ich bin dir gefolgt. Wir müssen doch wissen, wo du dich aufhältst."

Die Katze schien keine Mühe zu haben, den Waldkauz zu verstehen. Als er schwieg, knurrte sie leise. Es mißfiel ihr, daß man sie beobachtete. „Wo ich mich aufhalte, geht euch nichts an", sagte sie mit drohendem Unterton. „Waldkauzfleisch schmeckt mir nicht. Aber täuscht euch nicht. Bäume sind kein Problem für mich. Ich erwische euch auch dort."

Der Waldkauz nahm sich die Warnung zu Herzen, doch fiel ihm auf, daß die Katze offensichtlich annahm, er spräche nur für sich und seine Artgenossen.

Also fuhr er fort: „Sämtliche Parkbewohner haben große Angst vor dir, einem furchterregenden Unbekannten. Du bist plötzlich von wer weiß woher aufgetaucht und bedrohst unsere bescheidene kleine Welt. Wie sollen wir uns denn schützen, wenn wir nicht wissen, wo du bist und wann du zuschlägst?"

Es war albern, so etwas zu einem Jäger zu sagen, und das wurde dem Waldkauz auch bewußt, als er sah, wie sich ein heimtückisches Grinsen auf dem Gesicht der Katze ausbreitete.

„Das ist das Geheimnis meines Erfolges", erklärte sie mit rauhem Schnurren.

„Zweifellos", gab der Waldkauz zurück. Mittlerweile fühlte er sich nicht mehr so unbehaglich, und langsam begann ihm das Ganze sogar Spaß zu machen. Er malte sich aus, welchen Ruhm ihm das einbringen würde: Er war der erste, der sich mit der Katze unterhielt. „Deine Verstohlenheit und Geschicklichkeit sind bei uns schon geradezu legendär, zumal dich nicht einmal die Menschen erwischen können. Aber –"

Das spöttische Brüllen der Katze unterbrach ihn. „Menschen! Was wissen die schon von uns und unserem alten Geschlecht? Sie ahnen nicht einmal, daß wir existieren! Dabei durchstreifen wir dieses Land schon länger als sie. Wir sind die Nachkommen von Tieren, die die Menschen nur noch aus Sagen kennen. Aber wie sollen sie das begreifen, wo sie sich doch für die Herren der Erde halten. *Wir* kennen keine Herren!“

Den Waldkauz verblüffte diese Rede, und er verstand nur wenig davon. In seiner vertrauten, begrenzten Welt war der Mensch allgegenwärtig. Wie war es möglich, daß die Menschen nichts von der großen Katze und ihren Artgenossen wußten?

„Willst du damit sagen, daß ihr noch nie von den Menschen entdeckt worden seid?“ platzte er ungläubig heraus.

„Niemals“, brüllte die Katze, und in ihrer Stimme lag offener Hohn. „Und so wird es auch bleiben. Es gibt mehr Geschöpfe, die ihre Welt durchstreift haben, als sie ahnen.“

Der Waldkauz schwieg, während er diese fast unglaublichen Dinge zu verstehen versuchte. Keiner der Parkbewohner hatte jemals zuvor ein Geschöpf, wie es die Katze war, gesehen. Aber die Menschen – sie waren doch so klug, so weise, so allwissend... Er wollte zum eigentlichen Thema zurückkehren, doch er konnte nicht widerstehen, die Bestie ein wenig zu ärgern.

„An deiner Stelle würde ich nicht so laut brüllen, wenn du auch weiterhin unentdeckt bleiben willst“, bemerkte er mit gespielter Unschuld.

Die Bestie warf ihm einen so vernichtenden Blick zu, daß der Waldkauz seine Bemerkung sofort bereute. Hastig sagte er: „Willst du noch lange hier bleiben? Könntest du – äh – nicht vielleicht woanders jagen?“

„Wo ich jage, geht eine Eule gar nichts an“, schnarrte die Katze.

„Aber – aber – du mußt verstehen“, stotterte der Waldkauz, „daß es um uns alle geht. Ich meine, wir haben Angst, und wir fühlen uns – äh – alle in Gefahr, solange du dich im Park aufhältst.“

Die Katze duckte sich tiefer in den Graben, weil sich auf der Straße ein Auto näherte. Als es vorbeigefahren und nichts mehr zu hören war, antwortete sie barsch: „Ich sagte es dir doch schon. Waldkäuze jage ich nicht.“ Dann fügte sie drohend hinzu: „Es sei denn, sie versuchen, mir ins Handwerk zu pfuschen...“

Es war hoffnungslos. Es hatte keinen Sinn, der Katze erklären zu wollen, daß er für alle Parkbewohner sprach und es im Interesse der ganzen Tiergemeinschaft lag, ihre Heimat von dieser Bedrohung zu befreien. Ebensowenig würde sie jemals begreifen, daß der Waldkauz und seine engsten Freunde aus dem Farthing-Wald durch einen Schwur daran gebunden waren, sich gegenseitig zu helfen und sich füreinander einzusetzen. Sie gehörte einer vollkommen anderen Welt an.

Als die Bestie dazu ansetzte, aus dem Graben zu steigen, flog der Waldkauz rasch auf einen höheren Ast.

„Du hattest Glück“, erklärte sie ihm. „Ich habe mir keine große Mühe gegeben, dir aus dem Weg zu gehen. Aber du hast mein Wort: Nachdem du verschwunden bist, wirst du mich nie wieder zu Gesicht bekommen – weder du noch irgendein anderes Tier. *Doch ich werde immer noch da sein.* Sollte mich einer von euch dennoch entdecken, werde ich deinem Wunsch nachkommen. Dann suche ich mir ein neues Revier und kehre nicht mehr hierher zurück. Und nun geh.“

Der Waldkauz warf einen letzten Blick auf das seltsame

Tier und flog gehorsam davon. Er machte erst wieder halt, als er bei einem seiner vertrauten Plätze angekommen war. Dort grübelte er über das eigenartige Angebot der Katze nach. War das eine Herausforderung? Oder war es ein besonders gerissener Schachzug? Die Katze schien daran ja Spaß zu haben. Unmöglich zu sagen, was in ihr vorging. Aber der Waldkauz glaubte ihr. Jetzt hatten sie wieder alle ein Ziel. Es brauchte nur ein Tier, und sei es das kleinste, der Katze ansichtig zu werden – und ihr Bann war gebrochen. Von nun an würde keine Ecke des Hirschparks mehr unbeobachtet sein, jedes Blatt, jeder Zweig, jeder Grashalm würde gemustert. Die Zeit der Belagerung war sicher bald zu Ende.

13

Das Versprechen

Hastig flog der Waldkauz zum Bachufer. Bei seinem Aufbruch waren dort fast alle Parkbewohner versammelt gewesen. Jetzt lag es verlassen da. Kein Vogel, kein Säugetier, kein Reptil, keine Amphibie war mehr zu sehen. Fast als hätte die Versammlung nie stattgefunden. Sie hatten den Rückzug angetreten wie eine geschlagene Armee. Darin sah der Waldkauz den größten Beweis für die Macht der Katze. Sie hatte den Sieg davongetragen, ohne wirklich etwas getan zu haben.

Bachaufwärts fischte ein einsamer Reiher. Gerade als der Waldkauz Pfeifer entdeckte, stieß der mit dem Schnabel ins Wasser. Als er ihn wieder hob, zappelte ein silbriger Fisch darin, den er sofort im ganzen verschlang.

„Der ist beschäftigt“, sagte sich der Waldkauz. Zwar drängte es ihn, allen von der Unterhaltung mit der Katze zu erzählen, aber er war auch sehr müde. Sicher würde er wirkungsvoller von seinem Erlebnis berichten können, wenn er ausgeruht war. Auch war es wichtig, daß seine Freunde die Bedeutung des Versprechens, das ihm die Katze gegeben hatte, voll erfaßten. Also ging er dem Reiher aus dem Weg und kehrte zu seinem hochgelegenen Sitzplatz zurück. Bei Tag, entschuldigte er sich, waren Waldkäuze ja wirklich nicht in Bestform.

Es dämmerte, ohne daß der Kauz es bemerkte. Der Abend verstrich, und immer noch schlief er. Daher kam die Warnung – besonders vorsichtig zu sein – für die Hirsche zu spät. Während der Kauz noch schlummerte, hatte die Katze genügend Zeit, eine Hirschkuh und deren Junges aufzuspüren, sie zu verfolgen und dann zu reißen. Keines der Tiere hatte auch nur geahnt, daß der Jäger in der Nähe war. Er ließ die Hirschkuh liegen, wo er sie geschlagen hatte. Das Kalb schleppte er davon. Lange bevor ihre Tat entdeckt wurde, war die Katze schon wieder in einem ihrer Verstecke – jedoch nicht in dem Graben. Der Waldkauz sollte der einzige bleiben, der sie dort gesehen hatte.

Der Kauz erwachte erst im Lauf der Nacht. Schläfrig raschelte er mit den Flügeln und dachte zunächst an nichts, als daß er an seinem gemütlichen Plätzchen in dem hohlen Baum saß. Dann machte sich sein Hunger bemerkbar. Zu seinem Erstaunen stellte er fest, daß er zwei Mäuse noch nicht gefressen hatte. Das holte er nun nach.

Während er fraß, war ihm, als hörte er eine Stimme, die nach ihm rief. Da der Kauz noch immer etwas schläfrig war, wurde ihm nicht sofort klar, woher die Laute kamen. Dann sah er das Eichhörnchen, das von einem hohen Ast zu ihm heruntersprang.

„Wir haben uns alle gefragt, ob du etwas herausgefunden hast“, begann das hektische Tier. Sein buschiger Schwanz war ständig in Bewegung.

Nun erinnerte sich der Waldkauz an seine Nachricht. Er setzte mit vollem Schnabel zu seinem Bericht an, verschluckte sich und erstickte fast an dem Bissen. Mühsam würgte er ihn hinunter. „Ja, ja, etwas äußerst Wichtiges“, stieß er hervor, „ich habe mich mit der Katze *unterhalten!* Sie hat eine Art Handel mit mir abgeschlossen.“

Das Eichhörnchen schlug noch heftiger mit dem Schwanz, setzte sich auf die Hinterbeine, raste den Stamm hinauf und wieder hinunter, kurz, es konnte vor Aufregung keinen Moment stillsitzen. „Die Bestie hat *geredet*?“

„Eigentlich brüllte sie mehr. Es war schrecklich! Aber komm mit, ich muß es auch dem Fuchs und den anderen erzählen.“ Lautlos flog der Waldkauz davon, und das Eichhörnchen folgte ihm mit waghalsigen Sprüngen über die Wipfel.

Es dauerte einige Zeit, bis es dem Kauz gelungen war, den Fuchs, die Füchsin, das Wiesel und den Dachs zusammenzutrommeln. Dann erzählte er seine Geschichte mit allen Übertreibungen und Beschönigungen, die seine Freunde inzwischen schon von ihm erwarteten.

„Dieses Mal haben wir wirklich eine Chance“, beteuerte er. „Wir haben zwar die letzte Zeit Augen und Ohren offengehalten, doch jetzt müssen wir noch wachsamer sein. Unser Leben hängt davon ab!“

„Ich werde mit dem Alten Hirsch reden“, sagte der Fuchs sofort. „In dieser Situation müssen die Hirsche mitmachen. Sie vor allem. Wenn die Bestie sich mit uns messen will, dann kann sie das haben. Unsere Augen gegen ihre Fähigkeit, sich zu verstecken.“

„Darauf wird es hinauslaufen“, bestätigte der Kauz mit Nachdruck.

„Es war gut, daß du der Katze gefolgt bist“, gratulierte ihm das Wiesel wider Erwarten. „Die Kröte kam in ihre Nähe, aber du hast sogar mit ihr geredet!“

Der Kauz schwoll sichtlich an vor Stolz. Doch es blieb ihm keine Zeit, sich selbst zu loben.

„Von nun an liegt unsere Zukunft wieder in unserer Hand“, bemerkte die Füchsin, „und damit meine ich nicht nur uns Tiere aus dem Farthing-Wald, sondern sämtliche Parkbewohner. Selbst der kleinste Molch oder Jungvogel ist jetzt gefordert, wenn es genügt, die Bestie nur einmal zu sehen, um sie aus unserer Heimat zu vertreiben.“

„Nicht nur sehen. Wir müssen es ihr auch beweisen“, korrigierte sie der Kauz. „Und ich fürchte, dafür sind die Molche doch zu dumm.“

„Du hast recht, Kauz. Aber es ist, wie du sagtest. Alle Tiere, ob groß oder klein, müssen am selben Strang ziehen.“

„Ich für meinen Teil“, sagte der Fuchs, „würde Tag und Nacht wachbleiben, bis ich das Vieh fände, wenn uns das retten könnte.“

„Das gilt auch für mich“, schnaufte der Dachs. „Damit könnte ich noch einmal etwas Sinnvolles tun, bevor ich –“

„Sei so gut, Dachs“, fiel ihm das Wiesel ins Wort, „und fang nicht wieder damit an. Wir hoffen, daß das noch längst nicht deine letzte gute Tat sein wird. Denk doch an Mo – äh – den Maulwurf.“

„O ja, armer Maulwurf. Mein Bau käme ihm sicher sehr einsam vor, wenn ich nicht mehr da wäre.“

„Nun denn“, forderte sie der Fuchs auf, „laßt uns allen Bescheid sagen. Jetzt steht uns wirklich eine harte Prüfung bevor. Ich gehe auf der Stelle zu den Hirschen." Er entfernte sich, und die Gruppe löste sich hastig auf.

Auf seinem Weg quer durch den Park zu dem freien Gelände, wo man den größten Teil des Rudels gewöhnlich antraf, begegnete der Fuchs dem Friedfertigen. Das jüngere Tier gestand seinem Vater, wie sehr es unter seiner Schuld an dem Tod Stämmigs litt.

„Du trägst die Schuld nicht allein", tröstete ihn der Fuchs. „Und ihr hattet die besten Absichten."

„Aber ich habe Stämmig zu dem Abenteuer verführt – ebenso wie die anderen. Ich hätte sie nicht überreden sollen."

„Damals war keinem von uns klar, mit wem wir es zu tun hatten", beruhigte ihn der Fuchs. „Erst seitdem wir die Bestie am Bach gesehen haben, wissen wir mehr. Sagte ich damals nicht, wir müßten uns gegenseitig beschützen? Leeres Geschwätz, Sohn, sonst gar nichts. Wir sind der Sache einfach nicht gewachsen. Ich fühle mich so schwach und hilflos wie nie zuvor."

Der Friedfertige musterte seinen Vater – das ergraute Fell, den steifen Gang, die Augen, die einen Teil ihres Glanzes verloren hatten. Ein schlimmer Feind, das Alter, dachte er. Der Fuchs erriet, was seinen Sohn bewegte, und widersprach.

„Auch wenn ich noch so jung wäre wie du, ginge es mir nicht anders. Ich würde mich der Bestie nicht gewachsen fühlen."

Dann berichtete der Fuchs seinem Sohn von dem Erlebnis des Waldkauzes.

„Ein Glück", meinte der Friedfertige, „daß wir wenigstens gute Augen haben."

Wenig später sah sie der Alte Hirsch Schulter an Schulter durch das rasch wachsende Gras näher kommen. Er empfing sie mit der Nachricht, eine Hirschkuh und ihr Kalb seien gerissen worden.

„Das tut mir sehr leid“, sagte der Fuchs. „Ihr habt schon so viele Kälber verloren.“

„Zu viele“, antwortete der Hirsch mit röhrender Stimme. „Fuchs, du bist unser Freund, seit du dich in unserer Heimat niedergelassen hast. Wir Hirsche führen hier nun schon seit Generationen ein friedliches Leben. Und nun diese Bestie. Wie sollen wir uns nur wehren?“

„Bis zum Sommer sind eure Geweihe wieder gewachsen, und das sind gefährliche Waffen“, ermutigte ihn der Fuchs. „Aber vielleicht brauchen wir gar nicht so lange zu warten. Wir haben noch etwas – und das haben auch die Menschen: Augen.“ Nun erzählte er von dem Versprechen, das die Bestie gegeben hatte. „Wachsamkeit“, schloß er, „von morgens bis abends und die ganze Nacht hindurch. Das ist unsere einzige Hoffnung.“

„Wir waren wachsam“, entgegnete der Alte Hirsch, „und als wir eingesperrt waren, haben die Männer für uns gewacht. Aber es hat alles nichts genützt.“

„Wir *haben* eine Chance“, erklärte der Fuchs, „wir müssen nur daran glauben. Die Katze ist nicht unsichtbar. Das dürfen wir nie vergessen.“

„Wir werden es versuchen“, sagte der Hirsch unglücklich. „Was bleibt uns schon anderes übrig?“ In seiner würdevollen Art ging er davon, doch er drehte sich noch einmal um. „Diesmal hat sie meine Lieblingskuh gerissen, die mir schon viele Kälber gebar“, klagte er, wandte den Blick ab und fügte leise hinzu: „Diese Bestie verachtet uns doch nur.“

Seine Worte bewahrheiteten sich auf unheimliche Weise. Noch während er sprach, kehrte die Katze zurück, um den Kadaver der Hirschkuh in ihren Bau zu schleifen.

Die Nachricht vom Versprechen der Katze wurde in Windeseile verbreitet. Der Waldkauz und der Reiher gaben sie an die Vögel weiter, die ihrerseits die anderen Tiere benachrichtigten. Schon bald waren alle voller Hoffnung, die Bestie aus eigener Kraft zu verjagen.

Am Tag, nachdem die beiden Tiere getötet worden waren, ging der Wildhüter wie jeden Morgen die Hirsche zählen. Ihm lag vor allem an den Kälbern. Er bemerkte bald, daß nicht nur ein Kalb fehlte, sondern auch dessen Mutter, denn er kannte alle Hirschkühe, die in diesem Frühjahr Junge geworfen hatten.

Am nächsten Tag wurde wahr, was die Füchsin vorausgesagt hatte. Eine Gruppe von Männern, zu Fuß oder zu Pferd, begann den Hirschpark systematisch abzusuchen. Manche trugen Waffen, andere hatten Geräte, um die Bestie zu fangen. Die Suche erstreckte sich über den gesamten Park und dauerte den ganzen Tag. Aber die Katze war spurlos verschwunden.

Auch die anderen Tiere ließen sich nicht blicken, während die Männer unterwegs waren. Die Intelligenteren unter ihnen errieten, was da vor sich ging, und hofften inbrünstig, daß die Männer die Bestie entdecken und beseitigen würden. Doch kein Schuß war zu hören, und die Vögel sahen die Männer mit leeren Händen wieder abziehen. Der Waldkauz erinnerte sich noch an die Worte der Katze und war nicht überrascht. Der Wildhüter gab jedoch noch nicht auf.

Am nächsten Tag kamen er und seine Leute wieder. An verschiedenen Stellen des Parks stellten sie Fallen auf und bestückten sie mit Ködern aus frischem Fleisch. Der Wildhüter stellte die Fallen so ein, daß sie nur von einem sehr großen und kräftigen Tier ausgelöst werden konnten. Weder ein Fuchs noch sonst ein kleinerer Fleischfresser hatte die Kraft, den Köder zu holen. Die Männer zogen sich wieder zurück und richteten sich darauf ein zu warten. Der Wildhüter rechnete damit, daß die Katze noch genügend Fleisch in ihrem Bau haben würde, um einige Zeit zu überdauern.

Die Tage verstrichen, doch die Katze hielt sich von den Fallen fern. Täglich ging der Wildhüter sie ab, manchmal allein, manchmal mit einem Gehilfen. Von Zeit zu Zeit mußte er den Köder erneuern, da nachts viele kleinere Tiere von dem Fleisch angelockt wurden. Die Füchse waren zwar mißtrauisch und beschnupperten es lediglich, doch Marder und andere Fleischfresser versuchten, die Stücke aus den Fallen zu zerren. Da ihnen das nicht gelang, nagten sie an Ort und Stelle daran. Nach einiger Zeit kamen der Wildhüter und seine Helfer zu der Überzeugung, daß sich die Bestie inzwischen nicht mehr im Park aufhielt. Sie hatte nicht nur die Fallen gemieden, sondern auch keinen Hirsch noch ein kleineres Beutetier getötet.

„Langsam frage ich mich, was es mit dem Versprechen der Katze auf sich hat“, sagte das Wiesel eines Tages zum Fuchs. „Vielleicht spielt sie uns nur einen letzten Streich und läßt uns Augen und Ohren aufsperren für nichts und wieder nichts, während sie selbst schon weit weg ist!“

„Bis in den Farthing-Wald?“ fragte der Fuchs ironisch.

„Ja, genau!“

„Na ja, ich habe auch schon daran gedacht“, meinte der Fuchs. „Aber rede nicht mit dem Waldkauz darüber. Er glaubt sonst, du zweifelst an seinen Worten.“

„Ich weiß, ich weiß“, antwortete das Wiesel. „Aber was würde das schon ausmachen, wenn sich die Bestie tatsächlich davongemacht hätte? Stell dir vor, wir könnten sicher sein, daß der Hirschpark wieder uns gehört!“

„Sicher?“ wiederholte der Fuchs. „Genau das ist es ja. Wie sollen wir uns je wieder sicher fühlen?“

Das Wiesel sah geknickt aus. „Das hatte ich nicht bedacht. Am besten wäre es wohl doch, wenn einer von uns die Bestie zu Gesicht bekäme.“

Aber keiner bekam sie zu Gesicht. Verständlicherweise begann die Wachsamkeit der Tiere nachzulassen. Sie glaubten nicht mehr, daß es Zweck hatte, Ausschau zu halten. Der Wildhüter seinerseits gab es auf, seine Fallen weiterhin mit teurem Fleisch zu bestücken. Zum einen brachte es nichts ein, zum anderen hegte er Zweifel, ob die Fallen nicht ein Risiko in sich bargen. Vielleicht würde doch einmal ein Tier hineingeraten. Nach langem Zögern entschloß er sich schließlich, die Fallen ganz zu entfernen. Weder Mensch noch Tier rechneten mehr damit, daß die Katze wieder auftauchen würde. Und genau darauf hatte sie gewartet.

Zu Anfang hatte sie keinen Hunger gelitten. Das Kalb und seine Mutter boten noch genug Nahrung. Sie nagte die Kadaver bis auf die blanken Knochen ab. Der Durst war kein Problem, sie leckte Tau und trank Regenwasser, an dem es nicht mangelte, da häufig Schauer niedergingen. Im Lauf der Zeit begann ihr Magen zu knurren, aber sie wußte, daß sie nicht mehr lange würde ausharren müssen. Sie hatte wieder einen unterirdischen Bau gefunden, in dem sie sich gut verbergen konnte. Dort wartete sie geduldig, bis ihre Zeit gekommen war.

Dann, eines Tages, war es soweit. Nach Einbruch der Dunkelheit kroch sie aus ihrem Bau und machte sich mit Heißhunger auf die Jagd. Sie erlegte Kaninchen und Hasen, erbeutete Wühlmäuse und Frösche und verschlang sie. Sie kletterte auch auf Bäume und holte Vögel und Eichhörnchen aus ihren Nestern. Alles, was sie nicht sofort auffraß, schleppte sie in ihren Bau. Doch sie war klug genug, den Hirschen nicht zu nahe zu kommen.

Um ein Haar wäre auch Junghas von ihr geschnappt worden. Instinktiv brachte er sich mit einem Satz in Sicherheit. Doch seine Gefährtin war nicht schnell genug. Sie mußte daran glauben. Junghas raste davon. Er war so unglaublich schnell, daß er jedes andere Tier abhängen konnte. Nicht einmal sah er sich um, ob er verfolgt wurde, sondern rannte weiter, bis er gegen den Dachs prallte und ihn fast niederriß.

„Junghas!" keuchte der Dachs. „Was hat dich denn so erschreckt?"

Völlig aufgelöst erzählte der Hase, was ihm passiert war. Ob ihn die Katze angegriffen hatte, konnte er nicht sagen. Doch beide, Junghas und der Dachs, nahmen es an.

„Und wir glaubten schon, wir wären sie los", murmelte der Dachs. „Sie hat mit uns gespielt."

„Das ist kein Spiel mehr", sagte Junghas schroff.

Die Nachricht, daß viele Tiere den Tod gefunden hatten, verbreitete sich wie ein Lauffeuer im Park. Die Katze ging mit einer beispiellosen Brutalität vor, gerade so, als tötete sie nur um des Tötens willen. Oder um zu zeigen, wer hier der Herr war.

Keiner hatte sie gesehen. Den intelligenteren Tieren fiel jedoch etwas auf: Die Bestie hatte nur in der Gegend des Parks gemordet, in der die Tiere aus dem Farthing-Wald lebten.

Sie fragten sich, ob das ein Zufall war, oder ob sich ihr Versteck dort befand.

Das Eichhörnchen hatte schreckliche Angst und fühlte sich nirgends mehr sicher. Junghas war es nach dem Tod seiner Gefährtin gleichgültig, ob der Jäger wiederkommen würde. Der Fuchs und die Füchsin zerbrachen sich die

Köpfe, wo die Bestie wohl stecken mochte, denn sie war wieder wie vom Erdboden verschluckt. Der Waldkauz hockte auf seinem Baum und hoffte, daß keiner der anderen auftauchen würde. Er hatte das gräßliche Gefühl, für das Gemetzel verantwortlich zu sein. Wollte die Katze ihm etwas beweisen? Sollte er für seine Überheblichkeit bestraft werden – durch den Tod seiner Freunde?

14

Herz und Verstand

Die Tiere hatten nur noch Angst. Sie warteten auf den nächsten Angriff. Kaum wagten sie es, ihren täglichen Beschäftigungen nachzugehen. Hastig suchten sie nach Nahrung und huschten so schnell wie möglich wieder nach Hause, um sich zu verkriechen. Nur die Vögel, die Kreuzotter und die Kröte fühlten sich halbwegs sicher. Von der Kreuzotter hatte man lange nichts mehr gehört. Alle anderen aber lebten in ständiger Sorge um ihre Gefährten. Vor allem der Waldkauz war tief bekümmert. Er traute sich nicht, mit irgend jemandem zu reden. Er bildete sich inzwischen ein, daß er allein dadurch die Katze auf dieses Tier aufmerksam machen würde.

Der Friedfertige wollte noch einen letzten Versuch unternehmen. Die Braune, seine Gefährtin, hatte entsetzliche Angst um ihre Jungen, da diese nun so weit herangewachsen waren, daß sie ihre Streifzüge in die nähere Umgebung des Baus ausdehnten. Andere Füchsinnen, zum Beispiel die Schöne und Feder, waren in derselben Lage. Damit konnte sich der Friedfertige nicht abfinden. Also machte er seinem Vater den Vorschlag, ein zweites Mal einer Blutspur bis zum Versteck der Bestie zu folgen. Darin sah er die einzige Möglichkeit, der Katze beizukommen.

„Es wird nicht zum Kampf kommen", versicherte er seinem Vater. „Schließlich muß nur ein einziger von uns nahe genug an sie herankommen, um sie zu *sehen.*"

„Ich weiß, was dich bewegt", sagte der Fuchs. „Aber es ist viel zu gefährlich. Vermutlich wartet sie nur darauf, daß wir ihr in den Rachen spazieren, wie du es vorschlägst. Und was hätten wir davon?"

„Ohne Tote wird es nicht abgehen", widersprach der Friedfertige. „Warum sollen wir untätig darauf warten, daß die Bestie wieder zuschlägt? *Ich* bin bereit, das Risiko einzugehen. Wenn nötig, allein."

Nicht zum ersten Mal bewunderte der Fuchs den Mut seines Sohnes. „Hab noch etwas Geduld", bat er. „Die Katze wird einen Fehler machen, das spüre ich. Und ein einziger Fehler genügt."

„Und was ist, wenn sie das Versprechen, das sie dem Waldkauz gegeben hat, nicht hält?" knurrte sein Sohn. „Was tun wir dann?"

„In diesem Fall hat es auch keinen Sinn, sie aufzuspüren!"

Der Friedfertige sah ein, daß sein Vater recht hatte. „Na gut", gab er bedrückt nach. „Ich will tun, was du sagst. Ich hoffe nur, das hat keine bösen Folgen für meine Jungen."

Die Kreuzotter hatte nicht nur die Katze im Sinn. Immer wieder mußte sie an die andere Schlange denken. Deren unverfrorene Art und Kaltblütigkeit stand der ihren in nichts nach. Ob die andere wohl ebenso häufig an sie denken mußte? Sie wollte sich nicht eingestehen, daß sie sich nach der Gesellschaft des Männchens sehnte.

Natürlich hätte sie niemals absichtlich nach ihm gesucht. Doch immer wieder ertappte sie sich dabei, wie sie zu den Stellen zurückkehrte, an denen sie es früher getroffen hatte. Aber es war nirgends zu entdecken. Wie dumm von mir, das zu erwarten, dachte die Kreuzotter. Warum sollte es in dieser Gegend bleiben? So war es wohl ein Zufall, daß sie sich ein weiteres Mal begegneten.

Die Kreuzotter hatte gerade im Gras zwei Waldmäuse gefangen und gefressen. Hungrig war sie nun nicht mehr, aber sie hatte immer noch Lust zu jagen. Darum war sie wachsam. Plötzlich hörte sie ein Tier zwischen den Halmen rascheln. Ihre nächste Beute! In dem Moment, als die Maus in ihr Blickfeld kam, schoß eine andere Schlange aus ihrem Versteck und packte zu. Mit gespielter Gleichgültigkeit sah die Kreuzotter zu, wie der Leckerbissen in einem anderen Maul verschwand. Das Männchen, vollauf mit seiner Mahlzeit beschäftigt, hatte die Kreuzotter noch nicht entdeckt. Nachdem es die Maus jedoch hinuntergewürgt hatte, wurde es sich ihrer Gegenwart bewußt.

„Der Einsamkeitsfanatiker", spottete es, mehr zu sich selbst. „Ich mach mich lieber aus dem Staub, sonst hör ich nur wieder Klagen."

„Du brauchst nicht gleich zu verschwinden", antwortete die Kreuzotter hastig. (Ihr war, als hätte jemand anderes gesprochen.) „Äh – hast du viele Mäuse gefangen?"

„Unzählige", witzelte das Männchen. „Im Verlauf eines Jahres kommen ganz schön viele zusammen."

„Du weißt, daß ich es nicht so gemeint habe.“ Die Kreuzotter war irritiert. „Bist du immer so schlagfertig?“

„Nur, wenn sich eine Gelegenheit bietet“, erklärte es ihr kühl mit dem ihm eigenen ausdruckslosen Blick. „Suchst du immer noch nach der Katze“, fragte es dann.

„Ich? Warum sollte ich?“ Die Kreuzotter tat, als wäre der Gedanke vollkommen absurd.

„Aber ich dachte, ihr hättet abgemacht, daß alle die Augen offenhalten?“

„Oh, ich halte sie offen“, gab die Kreuzotter zurück. „Aber richtig suchen – äh – tue ich eigentlich nicht...“ (Wie idiotisch das klang!)

Das Männchen sah sie nur stumm an. Die Kreuzotter starrte zurück. Schließlich sagte es: „Du hast zugenommen.“

„Frösche, Insekten und Mäuse“, erklärte sie kurz und bündig.

„Ich dachte, dir wäre verboten, Säugetiere zu fressen?“ fuhr es fort.

„Du weißt, wer ich bin?“

„Dein kurzer Schwanz verrät dich.“

„Ich verstehe. Also, wenn du den lächerlichen Schwur meinst, den ich ablegen mußte, bevor man mir gestattete, mit den anderen hierher zu reisen – der bezog sich nur auf die Mäuse aus dem Farthing-Wald.“

„Wie kannst du sie erkennen?“ fragte das Männchen.

„Oh, inzwischen sind sie alle tot. Du weißt ja, Mäuse leben nicht lange. Ich habe mich an mein Versprechen gehalten. Aber mittlerweile haben sich ihre Nachkommen so sehr mit den hiesigen Mäusen vermischt, daß ich sie nicht mehr unterscheiden kann. Daher fresse ich, wann immer ich Lust habe. Der Schwur gilt nicht mehr“, erklärte die Kreuzotter.

„Sehr weise von dir“, bemerkte die andere Schlange. „Ich verstehe sowieso nicht, warum du überhaupt mit Säugetieren verkehrst.“

Die Kreuzotter war verlegen. Sie gab nicht gern zu, daß sie irgend jemandem verpflichtet war. Einigen wenigen fühlte sie sich jedoch verbunden: dem Fuchs und der Füchsin, dem Dachs, der Kröte und – wohl auch dem Waldkauz und dem Wiesel. Und das galt für alle Zeiten. Aber das würde sie vor dem Männchen nicht eingestehen.

„Ich suche nicht gerade ihre Nähe“, sagte sie wahrheitsgemäß. „Aber weißt du, unser Bündnis besteht schon viele Jahre.“ Weiter wollte sie nicht gehen.

Was das Kreuzottermännchen nun sagte, überraschte sie sehr. „Was hieltest du von einer neuen Beziehung?“

Die Kreuzotter zögerte. Wie sollte sie das verstehen? „Ich weiß nicht so recht“, begann sie vorsichtig.

„Oh, doch, du verstehst mich ganz genau.“ Das Männchen wurde ironisch. „Oder liebst du die Einsamkeit *so* sehr?“

Der Kreuzotter gefiel es gar nicht, daß das Männchen immer wieder darauf anspielte. Es hatte durchaus Zeiten gegeben, in denen sie sich – nun, in denen sie sich nach Gesellschaft gesehnt hatte. Aber nach *wessen* Gesellschaft? Sie wußte nicht weiter.

„Ich bin schon gerne allein“, lispelte sie unsicher. „Aber nicht immer.“ (Hatte sie sich damit verraten?)

„Man ist immer so allein, wie man es will“, beharrte ihr Artgenosse. Er legte es darauf an, sie in Verlegenheit zu bringen, und er schien es zu genießen.

„Vielleicht hast du ja recht“, sagte die Kreuzotter. Wohin sollte diese Unterhaltung denn noch führen? Langsam wurde es ihr unbehaglich.

„Nenn mich Ringler“, bot ihr das Männchen an.

„Darf ich? Heißt du so?"

„Von *dir* ließe ich mich gerne so nennen."

Die Kreuzotter hätte sich am liebsten verkrochen. Mit solchen Situationen konnte sie nicht umgehen. Aber sie rührte sich nicht von der Stelle.

„Es ist heiß, nicht wahr?" sagte Ringler. „Wenn du auch so schön satt bist wie ich, könnten wir ein Sonnenbad nehmen." Die Kreuzotter fühlte, daß sie der Einladung nicht würde widerstehen können. Doch sie antwortete nicht. Das Männchen nahm das als Zeichen der Zustimmung und glitt durch die Grashalme davon. Unwillkürlich folgte sie ihm. Ringler führte sie zu einer kleinen Mulde im Boden, in der das Gras niedergedrückt war. Das Plätzchen fühlte sich trocken und warm an, und für einen Moment ging ihr die Frage durch den Kopf, welches Tier hier wohl gelegen haben mochte.

„Ich mag diesen Ort", erklärte Ringler, „er liegt so gut versteckt."

„Sieht so aus, als wärst du nicht der einzige", entgegnete die Kreuzotter.

„Ja, ich habe sie hier früher ein- oder zweimal gesehen."

„Sie? Wen?"

„Die Katze."

„Die Katze? Kommt sie immer noch hierher?" zischte die Kreuzotter.

„Aber nein. Sie ist doch gar nicht mehr da." Ringler klang desinteressiert und machte es sich gemütlich.

Die Kreuzotter wurde ärgerlich. „Du bist nicht sonderlich mitteilsam. Hätten wir früher davon gewußt, wäre vielleicht –"

„Gar nichts wäre", unterbrach sie das Männchen. „Natürlich weiß ich von dem Versprechen, das die Bestie gegeben hat, und habe ebenfalls nach ihr Ausschau gehalten. Aber ich rechne nicht damit, daß sie hier noch einmal auftaucht."

„Ich verstehe", sagte die Kreuzotter. „Du hast recht. Es ist sehr unwahrscheinlich, daß sie in eines ihrer alten Verstecke zurückkehrt. Sie muß den Park besser kennen als irgend jemand sonst. Trotzdem verstehe ich nicht, wie sie sich hier aufhalten kann, ohne gesehen zu werden."

„Angenommen, sie ist nicht *im* Park, sondern darunter", meinte Ringler. „Vielleicht ist das die Lösung." Er wollte anscheinend nicht mehr über das Thema reden und sich endlich in Ruhe sonnen.

„Unter der Erde", zischte sie. „Genau!" Das Sonnenbad interessierte sie nicht mehr. „Das muß es sein."

Ringler reagierte nicht. Doch im Kopf der Kreuzotter begann es zu arbeiten. Einige ihrer alten Freunde lebten unter der Erde – der Fuchs und die Füchsin, der Dachs und das Wiesel. Vielleicht konnten sie etwas mit dem Gedanken anfangen. Es war ein Jammer, daß der Maulwurf nicht mehr lebte. Niemand hatte schneller graben können als er. Aber war nicht erst vor kurzem ein Verwandter des Maulwurfs im Park aufgetaucht?

„Ich nehme mein Sonnenbad später", sagte sie zu Ringler. „Wir müssen die anderen informieren."

„Aha, die alten Beziehungen", murmelte das Männchen. „Dann mußt du dich wohl zu deinen warmblütigen Freunden begeben."

„Muß ich. Aber ich werde mir den Ort hier merken", versprach sie unverbindlich. Zu mehr konnte sie sich nicht durchringen. Sie schlängelte sich davon.

„Nur den Ort?" fragte Ringler. Aber die Kreuzotter hörte ihn nicht mehr.

Als erstes suchte sie den Dachs auf.

Es war hellichter Tag, doch im Bau des Dachses war es stockdunkel. So freute sich die Kreuzotter, als sie das Schnarchen des alten Tiers vernahm. Sie brauchte nur dem Geräusch nachzugehen, um in das Schlafzimmer des Dachses zu gelangen. Sie hatte Mühe, ihn aufzuwecken, da er tief und fest schlief.

Nachdem sie ihn einige Male vergeblich mit ihrer leisen Stimme gerufen hatte, wurde sie langsam wütend. Konnte sie es riskieren, ihn dort ein wenig zu zwicken, wo sein Fell am dichtesten war? Wo es am unwahrscheinlichsten schien, daß ihre gefährlichen Zähne in seine Haut eindrangen? Sie brauchte es nicht zu versuchen, denn der Dachs begann sich zu rühren.

„Endlich", zischte die Kreuzotter. „Ich bin schon seit einer Ewigkeit hier."

Der Dachs fuhr hoch. „Kreuzotter, was um alles in der Welt machst du –"

„Dafür ist keine Zeit", fiel sie ihm ins Wort. „Ich brauche deinen Rat." Sie erzählte ihm von der Idee des Kreuzottermännchens, allerdings ohne es zu erwähnen.

„Oh, nein. Daran habe ich auch schon gedacht, aber ich kann es mir nicht vorstellen", winkte der Dachs ab. „Es gibt hier in der Nähe keinen Bau, der groß genug für die Bestie wäre."

„Wer hat etwas von ‚hier in der Nähe' gesagt?" fuhr die Kreuzotter ihn an. „Der Park ist groß. Es gibt wahrscheinlich unzählige Schlupflöcher, in denen sie sich verstecken könnte."

„Nein, davon wüßte ich etwas", behauptete der Dachs beharrlich. „Und wenn nicht ich, dann die Füchse, die Kaninchen, die Wiesel oder – oder – die Maulwürfe. Außerdem wissen wir, daß die Katze sich in unserem Teil des Parks aufhält."

„Nur weil sie hier in der Gegend gejagt hat, muß sie sich ja nicht auch hier verstecken“, wandte die Kreuzotter ein. „Zumindest nicht immer.“

„Nun, das Eichhörnchen ist aber davon überzeugt. Jedenfalls hat es sich ein neues Nest gesucht.“

„Das Eichhörnchen ist nicht gerade das klügste Tier in unserer Gemeinschaft“, meinte die Kreuzotter verächtlich. „Ich hielte es für sinnvoll, alle Füchse, deine Artgenossen und vielleicht auch die Kaninchen zu befragen. Es könnte doch sein, daß einer von ihnen so einen Bau kennt.“

„Ich werde den Maulwurf fragen, wenn ich ihn sehe“, erbot sich der Dachs. „Keiner kennt sich unter der Erde so gut aus wie er.“

„Sei nicht albern, Dachs“, schnarrte die Schlange. „Deine Erinnerung spielt dir wieder einen Streich.“

„Oh, nein“, widersprach der Dachs. „Du irrst dich. Ich unterhalte mich oft mit ihm.“

Die Kreuzotter gab es auf, weiter mit dem Dachs über dieses Thema zu reden. Also erklärte sie ihm, sie wolle zum Fuchs, um ihm die weiteren Schritte zu überlassen. Es war so kalt und dunkel im Bau des Dachses, daß sie sich wünschte, sie wäre bei Ringler in der Sonne geblieben.

„Warte“, rief der Dachs. „Ich komme mit.“

„Nicht nötig“, sagte die Schlange und fügte unfreundlich hinzu: „Du bleibst besser hier, falls der Maulwurf wieder einmal auf wundersame Weise auferstehen sollte.“

Der Fuchs reagierte wie der Dachs. Trotzdem willigte er ein, sich bei allen seinen Verwandten zu erkundigen, ob einer ein großes unterirdisches Versteck im Park kenne.

„Es ist mehr als wahrscheinlich, daß es so ein Versteck

gibt", beharrte die Kreuzotter. „Du wußtest ja auch nichts von der Höhle am Bach, bevor ich dir davon erzählte."

„Das ist wahr", lenkte der Fuchs ein. „Aber woher kanntest du sie eigentlich? Das hast du uns nie verraten. Stammt diese Idee vielleicht aus derselben Quelle?"

Es war das Glück der Kreuzotter, daß die Natur sie mit so starren Zügen ausgestattet hatte. Sonst wäre es ihr sehr schwergefallen, den Anschein von Gleichmut zu wahren.

„Die Quelle ist nicht wichtig", entgegnete sie geheimnisvoll. Der Fuchs wußte, daß er nicht weiter in sie dringen durfte. Also wechselte er das Thema. „Hast du mit Moosweich gesprochen?"

„Moosweich?" Die Kreuzotter konnte sich nicht daran erinnern, den Namen schon einmal gehört zu haben.

Der Fuchs erzählte ihr, wer Moosweich war.

„Ein Nachkomme des Maulwurfs? Dann wird ihm der Dachs wohl vorher begegnen. Wer weiß, vielleicht wird dieser Moosweich ja von seinem Vorfahren begleitet."

„Ich bin froh, daß dich der Dachs nicht so reden hört", sagte der Fuchs. „Der arme alte Kerl. Er hat den Tod des Maulwurfs nie akzeptiert. Laß ihn Moosweich für den Maulwurf halten. So kann er damit fertig werden."

„Deshalb redete er also dauernd über den Maulwurf. Ich hatte geglaubt, er wäre noch nicht richtig wach."

„Ich war der Ansicht, du hättest bereits Bescheid gewußt. Wir anderen nennen Moosweich schon seit geraumer Zeit Maulwurf."

„Ich verstehe", meinte die Schlange, „aber ich bin damit nicht einverstanden. Wirklich, es wundert mich, daß ihr euch alle zum Narren macht."

„Jetzt redest du wie der Waldkauz", lächelte der Fuchs. „Denk doch an den Dachs. Oder hast du kein Herz?"

„Wenn ich keines hätte, wäre ich nicht zu dir gekommen. Aber vielleicht können wir Reptilien nicht soviel Wärme verbreiten wie ihr Säugetiere."

„Das kann schon sein."

„Mach dir keine Sorgen. Ich werde euer Spiel nicht stören. Und nun will ich dich nicht länger davon abhalten, nach dem Versteck zu suchen. Ich muß wieder an die Sonne. Wer weiß," – und nun redete die Schlange auch zu sich selbst – „vielleicht wird das mein Herz erwärmen."

15

Moosweichs Auftrag

Der Fuchs und die Füchsin unterhielten sich mit ihrer ganzen Verwandtschaft über die neue Idee. Doch der Friedfertige und die Braune, die Schöne und Stromer, Feder, Tempo und Rostbraun wußten auch nichts, was ihnen irgendwie weitergeholfen hätte. Stromer erbot sich, Renner und die anderen Füchse im Park aufzusuchen und mit ihnen zu beratschlagen. Das Wiesel redete in der Zwischenzeit mit seinen Artgenossen, während sich Junghas bei seinen Vettern, den Kaninchen, erkundigte. Doch keiner hatte eine Vorstellung, wo ein solches Versteck liegen sollte. Als nächstes wurden die Dachse befragt. Alle waren sie der Meinung, daß kein ihnen bekannter Bau einen Eingang oder Gänge hatte, die groß genug waren für die Katze.

Die Katze hatte sich seit ihrem letzten Beutezug nicht mehr blicken lassen. Aber nun war es für sie wieder an der Zeit, sich Nahrung zu beschaffen. Der Hunger trieb sie aus ihrem Unterschlupf hervor. Es war eine dunkle, mondlose Nacht, und der Himmel war wolkenverhangen. Die Katze wußte, daß die Tiere damit rechneten, sie würde wieder an derselben Stelle jagen. Daher mied sie die Gegend und schlich sich lautlos an den Bach. Allerdings nicht dorthin, wo ihr alter Bau lag, sondern ein gutes Stück stromabwärts.

Die Katze war ein guter Schwimmer. Und so entschloß sie sich, nicht nur am Ufer nach Beute zu suchen, sondern auch im Wasser. Sie fing zwei ahnungslose Wasserratten, angelte sich einige kleine Fische und rottete eine ganze Bläßhuhnfamilie aus, die mitten im Bach nistete. Satt war sie davon jedoch noch nicht. Obwohl sie noch ein paar Frösche fraß, war sie mit ihrer Ausbeute nicht zufrieden. Auf dem Rückweg zu ihrem Unterschlupf – der Himmel begann bereits heller zu werden – wollte sie noch ein größeres Tier erlegen.

Der Park war wie ausgestorben. Die Tiere hielten sich immer noch so wenig wie möglich im Freien auf. Abrupt blieb die Katze stehen, als ihr der Gedanke an Hirschfleisch kam. Das Wasser lief ihr im Maul zusammen. Aber es war zu spät. Es begann bereits zu tagen. Wütend und enttäuscht lief sie zu ihrem Bau zurück. Doch in der kommenden Nacht wollte sie wieder Jagd auf Hirsche machen. Vor ihrem Schlupfloch brüllte sie ihre Wut hinaus in den Park. Ihr Gebrüll schwoll an und endete in einem Schrei, der weit über seine Grenzen zu hören war. Der Wildhüter wurde davon aus dem Schlaf gerissen, kleidete sich hastig an, griff nach seinem Gewehr und einer Taschenlampe und rannte aus dem Haus. Bis in die späten Morgenstunden wachte er bei dem Hirschrudel, konnte aber nichts entdekken.

Moosweich streifte in dieser Nacht durch einen seiner Gänge, die in den Dachsbau führten. Sein Vater hatte diesen Weg oft benutzt. Unterwegs rief er immer wieder nach dem Dachs und verschlang dazwischen ein paar Würmer. Doch als dieser nicht antwortete, konzentrierte er sich erst einmal aufs Fressen. Damit war er so beschäftigt, daß er gar nicht bemerkte, wie weit die Nacht schon fortgeschritten war. Als er den Dachsbau erreichte, brach der Tag bereits an.

Der Dachs hatte gerade eine halbherzige Futtersuche beendet und machte es sich bequem. Als jedoch Moosweich auftauchte, war er nur allzugern bereit, sein Nickerchen zu verschieben.

„Maulwurf! Gerade habe ich an dich gedacht", begrüßte er ihn. „Die Kreuzotter war vorhin hier. Stell dir vor, sie vermutet, die Katze könnte unter der Erde leben! Genau wie wir."

Moosweich stieß einen erschreckten Schrei aus, aber der Dachs beruhigte ihn. „Das ist natürlich Unsinn. Es gibt kein Loch, das groß genug für sie ist. Das habe ich der Kreuzotter gesagt. Aber du kennst sie ja."

Moosweich war ihr noch nie begegnet – und er legte auch keinen Wert darauf, sie kennenzulernen. Vor Schlangen hatte er große Angst, und er konnte nicht begreifen, wieso der Dachs mit einer befreundet war. Doch er schob den Gedanken beiseite und wollte gerade von einer riesigen Höhle erzählen, als ein ohrenbetäubendes Gebrüll ertönte. Moosweich und der Dachs fuhren zusammen. Dem Maulwurf gefror fast das Blut in den Adern. Die Gänge erzitterten von dem Schrei, und sein Echo hallte durch den Bau. Entsetzt sahen sich die beiden Tiere an.

„Die Bestie!“ flüsterten sie.

„Das m-muß ihr J-Jagdschrei sein“, stammelte Moosweich.

„Hoffentlich sind unsere Freunde in Sicherheit“, bangte der Dachs. „Was für ein entsetzliches Gebrüll.“

Als sich Moosweich ein wenig erholt hatte, fiel ihm wieder ein, was er hatte sagen wollen. „Die Höhle“, setzte er an, konnte vor Zittern aber nicht weiterreden.

„Die Höhle?“

„Ja. Meine Mutter –“ Moosweich brach noch einmal ab. Er hatte berichten wollen, daß ihm seine Mutter von einer großen Höhle erzählt hatte. Gerade noch rechtzeitig besann er sich. Die Fröhliche war in den Augen des Dachses nicht seine Mutter, sondern seine Gefährtin. Er zögerte. Wie sollte er sich ausdrücken? Die Angelegenheit war ziemlich verzwickt.

„Deine Mutter“, wollte ihm der Dachs helfen. „Das ist das erste Mal, daß du deine Mutter erwähnst.“

„Ah – nein. Ich wollte sagen, das Weibchen – äh – die Fröhliche – sie – tja – sie hat mir von einer riesigen Höhle unter dem Park erzählt, den sie einmal durch Zufall entdeckte. Sie war der Meinung, sie sei von Menschen gegraben worden.“

Der Dachs schnappte nach Luft. „Stimmt das?“ fragte er gereizt. Alles andere war vergessen.

„Ja, es stimmt. Ich schwöre es, Dachs.“

„Wo? Wo ist diese Höhle?“

„Weiß ich nicht. Ich war noch nie dort. Aber – aber – sie kann nicht weit von hier sein. Meine – äh – ich wollte sagen, die Fröhliche – sie hat hier in der Gegend gelebt, als sie noch – äh – allein war.“

„Wir müssen die Höhle finden“, sagte der Dachs. „Und dann...“ Er brach ab, überlegte kurz und schloß lahm:

„Dann werden wir erfahren, ob die Katze sich darin versteckt."

„Oje. Was ist, wenn sie in der Höhle ist?" erkundigte sich Moosweich ängstlich.

„Wir brauchen die Katze ja nur zu *sehen*", knurrte der Dachs. „Das ist dann mein Teil. Du mußt nur den Weg zur Höhle finden."

„Aber – aber –"

„Kein Aber, Maulwurf. Das ist unsere allerletzte Chance. Wenn überhaupt jemand zu diesem unterirdischen Raum gelangen kann, dann du. Du kennst dich hier am besten aus. Wenn du weißt, wo er ist, sagst du es mir, und ich versuche, ihn von oben zu erreichen – und zwar bei Tag. Vielleicht habe ich Glück, und die Katze schläft gerade. Ich werde Lärm machen," – der Dachs sah die Szene vor sich – „und sie wacht auf. Sie sieht mich. Ich sehe sie. Sie muß ihr Versprechen erfüllen, und damit sind wir sie los." Er warf Moosweich einen triumphierenden Blick zu.

„So wie du das sagst, hört es sich sehr einfach an", meinte das kleine Tier. „Bist du sicher, daß das Risiko nicht größer ist?"

„Nur für mich", antwortete der Dachs, „und was macht das schon? Meine Tage sind gezählt."

„Oh, Dachs", flehte Moosweich. „So darfst du nicht reden."

„Schon gut. Ich sage nichts mehr. Aber ich verlasse mich auf dich. In deinen Händen liegt nun das Schicksal aller Parkbewohner, auch wenn sie es nicht wissen."

Moosweich schluckte schwer. Er fürchtete, daß er dieser gewaltigen Verantwortung nicht gewachsen war. „Ich – ich werde mein Bestes tun", versicherte er trotzdem. „Mehr kann ich nicht versprechen."

„Natürlich nicht", beruhigte ihn der Dachs. „Ich weiß, was es bedeutet, wenn du sagst, du willst dein Bestes tun. Jetzt mußt du aber gehen. Wir dürfen keine Zeit mehr verlieren."

Moosweich machte sich auf den Weg. Doch er wußte nicht, wie er seine schwere Aufgabe lösen sollte.

Zunächst kehrte er in sein Nest zurück, um sich mit einigen Würmern zu stärken. Während er sie verspeiste, grübelte er darüber nach, was ihm die Fröhliche alles über die riesige Höhle erzählt hatte. Ein Gewirr unterirdischer Gänge zog sich um sein Nest. Sie waren bereits von seinen Eltern angelegt worden, und einen Teil davon benutzte auch er. Irgendwo mußte das Gangsystem mit einem weiteren zusammentreffen, das von der Familie seiner Mutter gegraben worden war. An dem Punkt hatten sich seine Eltern zum ersten Mal getroffen. Dort mußte er seine Suche beginnen, denn einer der alten Gänge führte zu der Höhle, wenn er sich richtig an die Worte seiner Mutter erinnerte. Nachdenklich fraß er einen letzten Wurm und machte sich auf den Weg.

Mühelos fand er den Punkt, wo die beiden unterirdischen Systeme aufeinanderstießen. Er rannte gleich in den ersten Gang, gelangte in den zweiten, der wiederum in einen anderen mündete. Es war bemerkenswert, dachte er bei sich, wie sauber sie nach all den Jahren noch waren. Dann landete Moosweich in einer Sackgasse, und dort, ganz am Ende, lagen die Überreste eines alten Nests. Das trockene Gras und Laub war noch nicht völlig vermodert. Moosweich blieb stehen. Ihn befiel eine gewisse Wehmut. Er war auf ein altes Nest seiner Mutter gestoßen.

Aber für Sentimentalität war keine Zeit. Das Nest verdeckte ein Fluchtloch. Moosweich kroch hinein. Die Wände des feuchten und stickigen Gangs waren übersät mit Löchern. Es roch durchdringend nach Würmern. Moosweich konnte dem Duft kaum widerstehen. Obwohl er sich gerade sattgefressen hatte, war er schon wieder hungrig. Er rief sich die Wichtigkeit seiner Aufgabe ins Bewußtsein, ermahnte sich, aber die Würmer stellten eine zu große Versuchung dar. Als direkt vor ihm ein dicker Wurm in den Gang fiel, schnappte er zu und fraß ihn hastig auf. Jetzt war sein Appetit erst richtig angeregt. Während er weiterkroch, wurde sein Jagdinstinkt immer stärker. Schließlich hatte er alles andere vergessen. Als er gerade im Begriff war, einen besonders fetten Wurm aus der Wand zu zerren, verlor er plötzlich den Boden unter den Füßen. Die lockere Erde gab unter ihm nach, und er stürzte ins Leere. Dumpf schlug er irgendwo auf.

Glücklicherweise war er weich gelandet. So nahm ihn weniger der Sturz mit, als vielmehr der Schreck. Moosweich riß sich zusammen. In dem Raum herrschte ein schwaches Dämmerlicht. Bald schon entdeckte der Maulwurf, daß es Tageslicht war, das durch ein rundes Loch in die Höhle fiel. Entsetzt erkannte er, wo er war. Er befand sich in *dem* unterirdischen Raum. Draußen, jenseits des Loches, lag der Park.

Ihn packte das kalte Grausen. Der Tunnel, aus dem er herabgestürzt war, lag hoch über ihm in der Höhlenwand, und er sah keine Möglichkeit, wieder nach oben zu klettern. Der einzige Weg nach draußen führte durch das Loch. Aber wie sollte er bis dorthin gelangen, wo doch die Katze jeden Moment auftauchen konnte. Moosweich blieb fast das Herz stehen, als er daran dachte, daß die Katze vielleicht schon in der Höhle war – möglicherweise nur wenige Schritte von ihm entfernt. Er war starr vor Schreck. Das Herz schlug ihm bis zum Hals. Angestrengt schnupperte er, ob sich die Witterung eines Tieres ausmachen ließe. Da war tatsächlich ein warmer, scharfer Geruch. Der Maulwurf begann unkontrolliert zu zittern. Das konnte nur die Katze sein. Sehnlichst wünschte er den Dachs herbei. Der würde ihm sagen, was er tun sollte. Aber nein, *er* mußte ja dem Dachs berichten, wo die Höhle lag. Irgendwie mußte er von hier wegkommen.

Moosweich versuchte sich zu beruhigen. Vielleicht war es ja gar nicht die Katze, die er gerochen hatte. Vielleicht war es nur ein kleineres, weniger gefährliches Tier. Aber es nutzte nichts. Auch ohne die Katze zu sehen, wußte er, daß sie da war. Es gab nur zwei Auswege. Entweder mußte er riskieren, sich zum Ausgang zu schleichen. Ob er den Mut dafür aufbrachte, wußte er nicht. Oder er mußte regungslos verharren, bis es wieder dunkel wurde, in der Hoffnung, daß die Katze dann wieder auf die Jagd gehen würde. In dem Fall brauchte er starke Nerven. Wie gut, daß er sich sattgefressen hatte. Angenommen, er wartete, wie viele Leben – auch die seiner Freunde – wären in Gefahr, wenn die Katze ein weiteres Mal auf Raubzug ginge. Falls es ihm gelang, unbemerkt aus der Höhle zu entkommen, konnte er das verhindern.

Nichts war zu hören. Schlief sie, oder war sie wach? Jedenfalls schien sie seinen Sturz nicht bemerkt zu haben. Wenn sie also nicht argwöhnte, daß er hier war, hatte ein kleines Tier wie er eine gute Chance, unentdeckt zu bleiben. Moosweich bewegte sich einige Zentimeter dicht an der Wand der Höhle entlang. Dann blieb er ein paar Minuten bewegungslos stehen und lauschte, ob sich etwas rührte. Nichts regte sich. Wieder ging er ein kleines Stück weiter auf den Ausgang zu. Dann noch eines. Er schien unendlich weit entfernt. Die Höhle war riesig.

Der Maulwurf erreichte eine Stelle, die im Schatten lag. Von hier aus konnte er den schwach erleuchteten Teil der

Höhle recht gut erkennen. Dort sah er vier riesige, gelbbraune Beine, die zu einem Körper gehörten, der im Dunkeln lag. Die Katze lag auf der Seite und schien zu schlafen. Moosweich schöpfte Mut. Aber er konnte nicht anders. Er mußte stehenbleiben, so sehr beeindruckte ihn das Tier. Lange starrte er es mit seinen schwachen Augen an. Er verglich die riesigen Pfoten mit den seinen. Als er sah, wie winzig die waren, setzte er sich schleunigst wieder in Bewegung. Er war dem Ausgang ein Stück näher gekommen, und das hereinfallende Licht schien schwächer zu werden. Jenseits der Öffnung konnte er bereits Blattwerk erkennen – dichtes Blattwerk, das von draußen den Höhleneingang vollständig verbarg. Moosweich kroch weiter, so leise er konnte. Er war nur noch etwa zwei Meter vom Eingang entfernt, da hörte er, daß sich hinter ihm etwas regte. Die Katze war erwacht und streckte ihre Glieder. Ein gedämpftes Knurren erklang, und Moosweich dachte schon, sie hätte ihn entdeckt. Zu Tode erschrocken, blieb er stehen. Aber nichts geschah. Nach einiger Zeit schlich er weiter. Jetzt hatte er es fast geschafft. Von draußen blies der Wind durch den Eingang und bis in die Höhle, wo er der Katze das Fell zauste. Sie mußte auch Staub in die Nase bekommen haben, denn Moosweich hörte einen gewaltigen Nieser. Dann erhob sie sich und kam auf ihn zu. Er versuchte noch schnell durch den Eingang zu entkommen, doch vergebens. Mit ihren langen Beinen langte sie vor ihm an.

Jetzt hatte sie ihn entdeckt und knurrte leise. Moosweich fiel nur ein zu rufen: „Du bist gesehen worden! Ich sehe dich."

Hatte die Katze die schrillen Schreie des kleinen Maulwurfs nicht gehört, oder betrachtete sie ihn nach ihrer wenig erfolgreichen Jagd nur als einen willkommenen

Leckerbissen? Jedenfalls ignorierte sie seine klägliche Herausforderung. Sie streckte nur eine ihrer mächtigen Pfoten aus, um ihn zu sich heranzuziehen.

Irgendwie gelang es Moosweich, der Tatze auszuweichen, und er sauste nach draußen. Dort begann er hektisch zu graben. Innerhalb kürzester Zeit steckten sein Kopf, seine Vorderpfoten und die Hälfte seines Rumpfes in der schützenden Erde. Mit heftigen Bewegungen seiner Pfoten lockerte er den Boden und drang immer tiefer ein.

Die Katze gab sich jedoch nicht geschlagen. Sie hatte gesehen, wo das winzige Tier verschwunden war, und begann, ebenfalls zu graben. Außer sich vor Wut warf die Katze die weiche Erde mit beiden Vorderpfoten weit hinter sich. Moosweich spürte, daß er noch nicht in Sicherheit war, und grub sich tiefer ein. Doch die Bestie holte auf.

Der Kauz, den seine Gewissensbisse nicht schlafen ließen, kam Moosweich unwissentlich zu Hilfe. Er sah die Katze graben und flog so schnell wie möglich herbei.

Der Waldkauz hatte abseits von seinen Freunden auf einem Ast gesessen und unglücklich darüber nachgegrübelt, wie viele Tiere der Bestie noch zum Opfer fallen würden. Er hatte mit geschlossenen Augen eine Zeitlang versucht, in der Sonne zu dösen. Schließlich gab er es auf. Und als er die Augen öffnete, sah er, wie die Katze aus einem Busch auftauchte und verbissen anfing zu graben. Er hatte zwar den Maulwurf nicht gesehen – dafür war er zu weit entfernt –, aber er wußte, besser als jeder andere, daß jetzt die Zeit gekommen war: Die Katze mußte nun ihr Versprechen einlösen.

Er stieg auf und flog rasch zu einem nahen Baum. Dann schrie er, so laut er konnte: „KATZE, ICH KANN DICH SEHEN!“

Das Tier hörte für einen Augenblick auf zu graben und sah sich um. Als es den Waldkauz erblickte, knurrte es wütend. Trotz seiner Angst flog der Kauz nicht davon. Durch die Ablenkung der Katze gewann Moosweich wieder an Vorsprung.

Der Waldkauz registrierte, daß die Katze sich nicht von der Stelle rührte. Er sah ihr an, wie zornig sie darüber war, entdeckt worden zu sein. „Du hast gesagt, ich würde dich nie wieder zu Gesicht bekommen", rief der Kauz. „Du hast dich geirrt. Jetzt mußt du – äh – weichen."

„WEICHEN?" brüllte die Katze furchterregend. „Vor einem Kauz?"

„Du hast dein Wort gegeben." Dem Kauz versagte fast die Stimme. Er ahnte, sie würde ihr Versprechen nicht halten. Dann gab es für sie alle keine Hoffnung mehr.

Die Katze brüllte erneut auf, daß die Erde bebte. Der Dachs hatte sie schon beim ersten Mal gehört und war zum Eingang seines Baus gerannt. Er machte sich Vorwürfe, daß er den winzigen Maulwurf auf eine so gefährliche Suche geschickt hatte. Verzweifelt schaute er sich nach ihm um. Als die Katze das zweite Mal brüllte, war er nicht mehr zu halten und stürzte in die Richtung, aus der ihr Schrei kam. Die Bestie hatte wieder angefangen zu graben, als sie der Dachs erblickte. Das alte Tier argwöhnte sofort, wonach.

„Maulwurf", rief er ängstlich, und lief noch schneller. Jetzt entdeckte er auch den Waldkauz. „Kauz, Kauz!" rief er atemlos. „Tu was!"

„Es nutzt nichts", jammerte der Vogel, „wir sind hilflos. Die Bestie hat ihr Versprechen gebrochen."

Der Dachs kam heran, schnaufend, aber zu allem entschlossen.

„Vergiß doch den kleinen Happen", japste er und baute

sich vor der Katze auf. „An mir ist mehr dran! Nimm mich!“

Die Katze hielt inne, drehte sich um und starrte den Dachs im schwindenden Licht mit unverhohlener Verachtung bösartig an.

„Ihr elenden Schwächlinge!“ fauchte sie. „Ich könnte euch *alle* umbringen.“

Trotz seiner Entschlossenheit bebte der Dachs vor Angst. Und der Waldkauz auf seinem Ast litt Höllenqualen. Was *konnte* er nur tun?

Die Augen der Katze sprühten. Plötzlich ertönte aus der Ferne ein Ruf, der sich wie ein schwaches Echo des Katzengebrülls anhörte.

Der gewaltige Kopf der Bestie fuhr herum, und sie stellte die Ohren. Noch einmal erklang der Ruf, nur in einer höheren Tonlage. Einen Augenblick später hatte die Katze den Dachs, den Waldkauz und Moosweich vergessen. Auch sie brüllte, und ihr Ruf wurde beantwortet. Das andere Tier war schon deutlich näher. Elegant sprang sie auf, überwand mühelos alle Hindernisse und war mit einigen großen Sätzen zwischen den Bäumen verschwunden.

Der Dachs und der Waldkauz, die beiden alten Freunde, sahen sich fragend an. Gab es noch eine *zweite* Bestie? Wieder erklang ein Brüllen, und wieder wurde der Ruf beantwortet. Nacheinander tauchten Parkbewohner auf und wollten wissen, was es mit diesem Gebrüll auf sich hatte.

„Komm, wir gehen zu den anderen, der Maulwurf wird allein nach Hause finden“, sagte der Dachs leise zum Waldkauz.

Jetzt erst begriff der Kauz, wonach die Katze gegraben hatte. Er überging, daß der Dachs den kleinen Moosweich wieder Maulwurf genannt hatte.

Sie trafen den Fuchs, die Füchsin und das Wiesel in bester Laune an, was sich seltsam gegen ihre eigene Stimmung ausnahm.

„Was macht ihr denn für lange Gesichter?“ schalt das Wiesel. „Wir haben Grund zu feiern.“

„Feiern?“ brummte der Dachs. „Wieso –“ Er brach ab. Ihm schien ein Licht aufzugehen. „Ist es möglich“, fragte er sich. Und dann hörte er es. Hunderte von Vögeln sangen und tschirpten voller Freude.

„Sagt mir, Wiesel – Fuchs – irgendeiner von euch, sagt mir, was ihr denkt“, bat der Dachs.

„Die Katze muß fortgerufen worden sein“, sagte das Wiesel. „Es ist noch Frühling. Das war bestimmt ein Weibchen, das nach einem Gefährten sucht.“

Die Rufe wurden leiser, und während die Tiere noch lauschten, begann die Nacht sich über den Hirschpark zu legen.

„Ja“, sagte der Fuchs, „sieht so aus, als wäre einfach durch den Ruf eines Weibchens das erreicht worden, was wir so lange vergeblich versuchten.“

Die Vögel sangen immer noch. Die Tiere waren überglücklich. Sie schrien: „Sie hat den Park verlassen! Sie hat den Park verlassen!“

Epilog

Der Frühling ging seinem Ende zu. Die Tiere konnten kaum glauben, daß ihnen der Park nun wieder gehörte. Die Freunde aus dem Farthing-Wald hatten sich von Moosweich die Höhle beschreiben lassen und waren dann hingegangen, um sich den Eingang anzusehen, der hinter dichtem Gebüsch verborgen lag. Der Fuchs und die Füchsin waren sogar hineingekrochen, um sich umzusehen. Aber die Überreste der letzten Opfer der Bestie hatten dafür gesorgt, daß sie rasch wieder an die frische Luft zurückkehrten. Sie erzählten keinem, was sie gesehen hatten.

Einige Vögel, die so glücklich vom Aufbruch der Katze berichtet hatten, waren ihr noch ein Stück weit ins offene Gelände gefolgt. Dort sahen sie auch die andere Katze – zwar ein etwas kleineres Tier, doch in ihren Augen um nichts weniger machtvoll. Und das galt nicht nur für ihre Körperkraft. Voller Überraschung beobachteten die Vögel das erste Zusammentreffen der beiden Katzen. Denn das kleinere Tier schien über die mächtige Bestie, die die Parkbewohner terrorisiert hatte, zu dominieren. Wo immer sie sich hinwandte, folgte ihr das männliche Tier. Immer wieder rief sie nach ihm, und fast sanftmütig tat es, was sie wollte. Glücklich lief es hinter ihr her, und bald hatten die beiden das Naturschutzgebiet weit hinter sich gelassen. Das Revier des Weibchens lag offensichtlich in einer ganz anderen Gegend. Schließlich kehrten die Vögel in den Park zurück, um die Neuigkeiten zu verbreiten. Einer von ihnen erzählte, er hätte den Eindruck gehabt, die Bestie wäre gezähmt worden.

Nie wieder war das Gebrüll der großen Katze im Park zu hören. Das Leben der Tiere verlief von nun an wieder normal – so normal, daß es ihnen gelegentlich fast langweilig erschien, verglichen mit der langen Zeit, die sie in Angst und Schrecken verbracht hatten.

„Jetzt kommt es mir bald so vor", sagte der Friedfertige zu seinem Vater, „als hätte die Gefahr, der wir Tag für Tag ausgesetzt waren, unserem Leben eine gewisse Würze gegeben."

Der Fuchs war anderer Meinung. „In meinem Alter ist man zufrieden, von dem zu erzählen, was du die ‚Würze des Lebens' nennst. Und wir, die Füchsin und ich, haben nach unserem langen Leben genug zu erzählen."

Bald kehrte auch das Eichhörnchen in die Gemeinschaft zurück, und die Gruppe der alten Freunde war fast wieder vollzählig.

Die älteren unter ihnen – der Dachs, der Waldkauz, das Wiesel, die Kröte und Pfeifer – stimmten dem Fuchs zu. Sie freuten sich auf eine Zeit des Friedens, die sie genießen wollten, solange sie noch zusammensein konnten. Nur was die Kreuzotter dachte, wußte keiner. Sie hatte sich nicht mehr blicken lassen, seit die Bestie aus dem Park verschwunden war. Junghas war der einzige, der ihr noch einmal über den Weg gelaufen war. Ihm gegenüber hatte sie sich gerechtfertigt – jedoch wie immer recht rätselhaft. Junghas verstand nichts. Auch die anderen, denen er alles erzählte, wurden aus den Worten der Schlange nicht klug. Denn die Kreuzotter hatte lediglich erklärt, sie wäre an einer „neuen Beziehung" interessiert.

Der Sommer neigte sich dem Ende zu, und das Krachen der zusammenprallenden Geweihe der weißen Hirschböcke hallte durch die herbstlichen Wälder. Der Alte Hirsch hatte jetzt viele Rivalen, und es fiel ihm schwerer als je zuvor, seine Position zu behaupten.

Auch die Kälber, die der Bestie entkommen waren, wuchsen heran und würden sich bald an den Kämpfen um die Vorherrschaft im Rudel beteiligen. Was auch immer passieren mochte, die Hirsche, nach denen der Park benannt worden war, würden auch weiterhin Wälder und Wiesen bevölkern.

Ein weiterer Winter nahte. Tief in seinem Bau, umgeben von viel Streu, fragte sich der Dachs, ob es wohl sein letzter werden würde. Seine alten Knochen begannen vom Alter und von der Kälte zu schmerzen, und er ertappte sich dabei, wie er wieder an seinen Bau im Farthing-Wald denken mußte. Mit schwacher, aber warmer Stimme sagte er zu Moosweich, der ihn gerade besuchte: „Es war ein wunderbarer Bau, Maulwurf. Erinnerst du dich noch, wie alle Waldbewohner zu mir kamen, um zu beratschlagen?"

„O ja", antwortete Moosweich, „ich erinnere mich noch. Und ich frage mich, wie es wohl jetzt im Farthing-Wald aussieht?"

RTB Tierbuch

RTB 379 ab 11

RTB 986 ab 10

RTB 1557 ab 9

RTB 1626 ab 11

RTB 1708 ab 10

RTB 1725 ab 10